U0536439

想衣裳的云

诗歌卷

孔灝 主编

中国书籍出版社
China Book Press

本书编委会

主 编：孔 灏

编 委：（按姓氏笔画排序）

孔 灏　张成杰　何锡联　钱振昌

蔡 勇

文学沉积的美学追求

蔡骥鸣

晋·葛洪在《神仙传·王远》中写道:"麻姑自说云:'接待以来,已见东海三为桑田。'"

中国的东海岸,原就是一片沧海桑田的土地。连云港的云台山曾经就是大海中的岛屿。《西游记》开篇第一回是这样描述的:"这部书单表东胜神洲。海外有一国土,名曰傲来国。国近大海,海中有一座名山,唤为花果山。此山乃十洲之祖脉,三岛之来龙,自开清浊而立,鸿蒙判后而成。真个好山!"

山与海此消彼长,成就了这一片神奇浪漫的土地。所以,这个地方诞生了《西游记》《镜花缘》这样想落天外的奇书。

若干年后,我到了连云港海边的云台山上,这里处处可见海蚀的沉积岩,它们就像一本本年代久远的古籍,被老鼠咬啮得边缘参差不齐,但却给人一种沧桑古老的历史感。海蚀的沉积岩,经过海浪的冲刷,经过无数岁月的风化,变得更加奇崛,更加鲜明,更加注目。

我们常说,新鲜的东西放不久。而老的物件经无数人把玩后,形成了一层层叠加的包浆,反而更加圆润,在暗淡的光泽里透出幽幽的光,让人生出一种敬畏之感。

文学,既是一门古老的艺术,也是一门年轻的艺术。

如果没有文学，我甚至不知道人类的精神生活还有什么可值得玩味、留恋的东西；如果没有文学，我们的情感世界也仍然是一如原始时代的粗砺和愚拙。因为有了文学，我们的情感世界变得越来越丰富，越来越细腻，越来越精彩，越来越值得我们回味和咀嚼；反过来说，正是一代代优秀的文学作品，才培养了我们的情感世界，让我们不再愚钝，不再麻木，不再冷酷，不再无情。经久的文学名著，就如一壶壶老酒，香愈浓，味愈醇。

但文学又在长生长新。每天有无数的作者在探索、在求新，在想着法子把直接的语言拧成麻花，把简单的语言变得更加绕舌，把正常的语序弄得颠三倒四，把明明白白的话覆上一层面纱。每一个同时代的人都希望看见新的语汇，看见新的故事，看见新的结构，看见新的想象。但有些同时代的作者又往往被当代所嫌恶，所丢弃，而为后代所崇尚，为后面的文学指明航向。

从1949年到2019年，70年过去了。对于一个人来说，70岁已是古稀之年。70年了，国家经历了很多事情，个人也味尝了很多变故，文学也经历了岁月和风浪的数轮冲刷。70年后再回首一望，能留下来的东西不多了，而能留下来的东西就一定是个沧海桑田、层层叠叠的海蚀沉积岩，一定是个挂满包浆、油光润滑的老物件，你想说它不好都不中。那一定是个好东西，一定值得我们把玩，一定值得我们揣摩，一定值得我们回味。

把过去的作品归拢起来，既算是给生活留下一些记忆，也算是给文学留下一个供人瞻仰的碑刻。无论如何，都表明历史没有虚度、文学没有空白。

2019年11月22日

目 录

001	文学沉积的美学追求 / 蔡骥鸣	
001	浮浪草（外一首）/ 刘国华	
003	诗二首 / 彭　云	
006	黄海散歌（组诗）/ 姜　威	
008	游子的情爱（外二首）/ 刘安仁	
011	我与祖国（组诗）/ 江尧禹	
017	乡情岁月（组诗）/ 张成杰	
023	我走向一个透明的早晨（组诗）/ 张峦耀	
027	迎春歌声（外一首）/ 吕成运	
029	雷锋车之歌（外一首）/ 张佑元	
032	雾的断想（组诗）/ 李秉建	
035	白蜡烛（组诗）/ 王家宝	
038	种含羞草（组诗）/ 刘晶林	
045	一地鸡毛（外三首）/ 纪祥华	
048	红土情（六首）/ 李锋古	
055	山村教师（外四首）/ 魏　琪	
060	鸽　岛（组诗）/ 孙　浩	

063	从春天出发	/ 殷开龙
065	想　象（组诗）	/ 吴　锞
070	易　歌（节选）	/ 颜景标
077	三月的春风	/ 林　农
080	美丽人间（外一首）	/ 吴家齐
083	生命的醒悟（组诗）	/ 崔月明
090	歌（组诗）	/ 卞华平
093	寒冬之美（外一首）	/ 杨春生
097	桑科草原	/ 庄福永
098	我要在阳光深处停歇下来（组诗）	/ 何锡联
102	神山行旅（节选）	/ 刘　毅
109	时间的泪（外一首）	/ 杨光华
112	抚摸诗歌的痛点（组诗）	/ 望　川
120	季节近了，而你很远（外一首）	/ 王召江
123	曾　经（组诗）	/ 蔡　勇
129	抒情的乡土（组诗）	/ 李　明
134	你没有看见我被灰尘遮掩的部分（组诗）	/ 张绪康
138	写给南沙的情诗（组诗）	/ 王成章
145	关于长征的若干片段（组诗）	/ 王军先
152	多风季节（外一首）	/ 刘　枫
158	红酒，慢慢地品（组诗）	/ 蔡骥鸣
170	今夜，雪落在无眠的土地（组诗）	/ 毕邦华
174	盐（组诗）	/ 赵士祥
178	甜的泪（外二首）	/ 朱落心
181	午　夜（组诗）	/ 大弓一郎
184	孔子望海	/ 云　舟
186	孔灏诗选（六首）	/ 孔　灏
193	我一直想过的体面生活（组诗）	/ 李淑云
201	蜡梅花开（外一首）	/ 成红梅

204	在屋檐下（组诗）	何正坤
209	冬的记忆（组诗）	李　明
212	白玉兰	李道路
214	玉兰，故乡最美丽的花（外一首）	卢明清
216	一片黄叶子（组诗）	孙　夜
222	课本里的诗（三首）	邵世新
225	伞	天目山
226	你若安好，我才晴天	王文岩
230	月光静无声	王茂群
232	苦丁茶（外一首）	相宝昌
234	纪念碑（组诗）	张冬成
238	时装设计的情韵	张连喜
240	若有云朵恋了远山（组诗）	张玉梅
246	密谋一场雪的暴动（外一首）	方　正
249	汲水的姐姐（组诗）	莫延安
252	麻　雀（组诗）	苗红军
254	我的手机丢了（外二首）	卞成模
257	剃　头	张宜学
258	以快乐的名义（外一首）	马春妹
260	姐姐的秋天（外二首）	嵇　轶
266	如果风有方向（外一首）	张永义
268	扬州慢（组诗）	育　邦
274	两只酒杯（组诗）	清荷铃子
278	春天的梯子（组诗）	徐　凝
283	最初的（组诗）	夏大勇
286	纷繁的思绪（组诗）	于红艳
291	一个城市和一个城市之间（组诗）	吉祥女巫
297	白T恤（组诗）	李厥岩
301	细雨中的水流村（组诗）	赵秀英

307	柳乡姑娘（两首）	/ 朱崇珏
311	我们，为春天代言（组诗）	/ 徐继东
316	父亲镜头里的西双湖	/ 顾莉敏
318	放飞春天的畅想（外一首）	/ 刘笃瑜
321	恍　惚（外二首）	/ 霍　丽
324	感谢伤痛（外一首）	/ 沙漠胡杨
327	遇见花开（组诗）	/ 韦庆英
332	父亲的二胡	/ 仲崇云
334	渴到底是怎么回事（组诗）	/ 麦　豆
339	想去的地方	/ 欧军军
340	雪花漫舞的城市夜空	/ 李庆贤
343	空想之歌（组诗）	/ 西　原
347	山塘街（外一首）	/ 张　口
349	像雏菊呀，花开（组诗）	/ 丁小龙
354	父　亲（外一首）	/ 米　古
356	未来的一天（组诗）	/ 李梦凡
360	最后一次舞蹈（外二首）	/ 陆留洋
364	哥本哈根的美丽传说（组诗）	/ 嵇暄涵
372	后　记	

浮浪草（外一首）

刘国华（1931—2003），江苏灌云人。曾任连云港市文化局副局长，文联副主席。1951年开始发表作品。著有诗集《海边的诗》，儿童文学集《海边游》《海洋探奇》，小说集《海边的故事》，戏剧曲艺集《跋涉》，电影文学剧本《没有字的信》等。

随波
逐流
或东
或西
毫无主见
总随着风向而动

最终被大海抛弃
成了垃圾

断缆的联想

我在大海上发现了一截断缆

静静地躺着似乎十分疲倦
它是退役被船工遗弃？
还是被风浪咬断？

它一生中下过多少次大海？
它一生中系牢过多少次航船？
它一生中斗过多少次风浪？
它一生中保过多少次平安？

若因退役而被遗弃
我觉它实在含冤
难道老了就该被遗弃？
谁没有夕照晚年

若是被风浪咬断
大海崩舟该有多危险
不过你已尽忠尽职
暴尸沙场英名也该千古流传

若是自身腐朽变质
被船工检查发现
为了防患于未然而将你抛弃
那是必然和惩贬

以上选自诗集《海边的诗》，江苏文艺出版社，1992年

诗二首

彭　云　1933年生，原连云港市文联副主席，《连云港文学》主编。著名作家、文化学者和地方文史专家。著有《彭云文集》《海州乡谭》《陪你同上花果山》《猴年马月》等，主编《海州文献丛书》六本。

提起这眼前的海州湾

提起这眼前的海州湾，
秦始皇当年曾来过此间。
他要叫龙王献出不死药，
拎着个鞭子到处去赶山。
东一鞭，西一鞭，
南一鞭，北一鞭。
打得那群山无处躲，
一个一个都往海里钻。
留下个秦皇受珠台，
留下条神路接青山，
留下了将军水边站，

一站就站了两千年。

提起这眼前的海州湾,
老百姓干得更比唱得欢。
他要叫天地一齐来献宝,
陆上跑铁牛水里行船。
东一片,西一片,
南一片,北一片。
蓝湛湛的是大海,
绿油油的庄稼田。
创造了旅游度假区,
创造了养殖新局面。
创造了连年的大丰收,
腰杆一挺进入了新千年!

选自《彭云文集》

老海州

提起那老海州实在太古,
十二里旱路到新浦。
小毛驴自己揽客不用人赶,
大马车轱轱辘辘带上尘土。
穿海州,吃板浦,
南城尽是些土财主。
你别看盐商们山珍海味,
未必比推车的老汉更舒服。
吊炉饼烙得两面黄,
油炕的凉粉热乎乎,
绿豆圆子泡煎饼,

白嫩嫩的豆腐锅里煮。
再蘸上太平庄的臭虾酱，
二两酒一咋填满了肚。
《小寡妇上坟》信口扯，
吱吱溜溜又上了路……

提起那老海州实在太古，
双龙井的水，城南地的土，
谢小楼的鲜花四季开，
吴窑祖传的面红薯。
膀子大，腰杆粗，
海州人天生能吃苦。
你别看来来往往的多少文士，
未必比种菜的老农心里清楚。
"海州志"尽皆些官场闲话，
八股文再多也都是马虎。
只有那板浦的《镜花缘》，
十三行全被它骂得好苦。
大涧里年年不绝桃花水，
山上的石头刻着今古。
海州城千年风霜千年雨，
这才是读不完的一部大书！

　　　　　　　　选自《彭云文集》

黄海散歌（组诗）

姜　威　中国民间文艺家协会、江苏作家协会会员，中国故事学会、江苏民间文艺家协会理事。曾任市文学工作者协会主席、《连云港文学》主编、市文联副主席兼民间文艺家协会主席。出版发表各类作品百多万字，30多件作品获奖，荣获全国先进工作者称号，并获贡献奖。

初　见

从来没有见过，
也未曾听过民间的传说。
第一次面向黄海，
头一回见识洪波，
啊，胸腔迸发出四个大字：
惊——心——动——魄！
眼前，大海一望无际，
多么浩瀚，多么辽阔！
耳畔，涛声轰轰震响，
就像高奏雄壮的军乐！

心中，奋起了难抑的激动，
自惭此前——
只是见过小河！

再 见

海里呈现新景奇色，
哦，那是什么？
一片一片的方阵，
络络网网，绿影婆娑。
一排一排的浮萍，
摇摇晃晃，动于浪波。
一只一只的舢板，
活活跃跃，往来穿梭。
啊，原来是海带大田，
正在生产着——
海洋的硕果！

又 见

港口分明火火热热，
海里驶来艘艘船舶，
汽笛声声巨轮靠岸，
宏大的身影令人惊愕！
知悉众船来自五湖四海，
不禁欣喜，无比快乐，
默默念一声——
欣欣向荣了，我的祖国！

刊于《新华日报·副刊》1956年3月22日

游子的情爱（外二首）

——一位海外归侨的心声

刘安仁 笔名沐阳雨，1992年加入江苏省作家协会，1994年入选《中国报界著名编辑记者辞典》，连云港日报副刊部原主任，连云港市作家协会原主席，连云港市杂文学会原副会长兼秘书长，连云港市杂文学会现名誉会长。

调色板上的心灵

游子自我鉴定

那是健康的血色

祖国　妈妈的臂弯

好似一弯沙滩

沙滩上　有我童年梦幻的彩贝

年复一年地用我的心潮

冲刷成沉默的文字

组合为思念的二元一次方程式

游子的情

烙印在祖国　妈妈的臂弯里

游子的爱

发表在祖国　妈妈的心瓣上

呵　游子的情爱

抽出依旧延伸的缕缕思绪

串起早日归来的颗颗珍珠

调色板上的心灵

游子鉴定自我

是健康的血色

刊于《文汇报·笔会副刊》1990年11月6日

同这片绿

这片绿　情愫悠悠

荒山美容师　当年的绿化队员

汗水折射你情怀信念

阳光梳理你情感风景线

你曾用心灵

采撷月光一束　灯光一缕

调匀山水原色　泼染绿的蓝图

你曾用目光

剪裁朝霞一朵　晚霞一匹

把自然生态语汇　植进荒山的脊梁

这片绿　悠悠情愫

当年的绿化队员　荒山美容师

那流淌的荒芜

业已沉淀为浓浓绿荫

那驻守心中的夙愿

业已升华成甜甜话题

刊于《人民日报·大地副刊》1992年6月23日

有韵无题

飘零的树叶一片片
那是放飞的岁月一页页

生命的树叶
萧瑟言志
再版枝头

人生的岁月
蹉跎未已
再度峥嵘

于是逢春的树
书写一页页生动

于是　复苏的岁月
鲜活一个冒号

　　　　　入选北京市写作学会研究中心《流远的思念》诗集

我与祖国（组诗）

江尧禹　生于1943年。有诗歌、散文、小说、杂文等文学作品散见于各种报刊，至今仍笔耕不辍。江苏作家协会会员，江苏杂文学会会员。

那年春天人心振奋
西柏坡走出几位伟人
以重整山河的气魄
组织一次震惊世界的庆典
这时我在乡村一隅
正注视着河面上的坚冰
在强劲的春风里嘎嘎裂开
扒开腐草的地皮
幼芽已在兴奋地涌动
我只关心着放羊的季节

小时候我是一个很笨的孩子
不知道祖国在哪里
还以为祖国就是我放羊的山坡
也许是那条嬉戏的小河

建国那晚村里正在演戏
一个佩带短枪的人突然跳上舞台
代表祖国发布命令
一个端长枪的民兵
在舞台很近的地方
瞄准一个被五花大绑的恶霸
很响地开了一枪
我猜想祖国一定是那支
威武的长枪
自从土改时我家分得了一头驴
我从此不再弱智
已经能够发现
祖国原来挂在教室的墙上
祖国的地形不仅像报晓的雄鸡
加上领海还像一柄燃烧的火炬
我未成年时就作别乡村
涉过千山万水追寻祖国的辽阔
秦汉古风把我一路吹去
抖落一身唐宋烟尘明清风霜
我停在北京元大都旁凝望
现代繁华环绕这块荒凉的土地
保留一段凝固的历史
然后我沿着故宫的东墙独行
惊讶那排平房还偎依着皇城
住在里面的皇宫差役
早已湮没于历史的尘烟
我匆匆离开明清故宫的红墙
走出一段憋气的历史
走进晚霞铺金的天安门广场

突然国旗班的军人来了

这里举行隆重的降旗仪式

共和国的国旗

永远送走黑暗迎接光明

降旗和升旗一样庄严

晚霞和朝霞一样灿烂

我周身沐浴在晚霞的奇光异彩里

像站在小村那红灯笼般的柿树下

像在紫色扁豆花的篱笆旁

去感受祖国丰收的十月

刊于《苍梧晚报》2003 年 10 月 16 日

别了！老屋

哦！老屋，老屋

我岁月河中的老船，

在风雨飘摇中，

行驶了几十年，

许多温馨，许多风景，

都浮出水面，

又被泪水淹没。

拆迁的风暴尘埃落定，

我在潇潇春雨里

目睹老屋像"泰坦尼克"号那样，

渐渐沉没。

别了！老屋，

离别的到来如此紧迫，

来不及将往事一网尽收，

我只想到两个人，

应该和我一同离去,
他们怎么还不到来?
我记得,
母亲是在一个漆黑的夜里下船的,
她不回来了,
我把她那一缕笔直的炊烟带走;
父亲是在一个灿烂黄昏里下船的,
他不回来了,
我把他的微笑和梦幻带走。
在无限眷恋中我转身离去,
接过儿子手中的船票,
登上一艘豪华的彩舟,
用怀念和抱憾的目光,
向高空的云鹤祈祷和祝福,
并开始新的航程,新的日月。

刊于《苍梧晚报》2002年5月22日

士 兵

战争的枪声远了
时间似乎已经睡去
飓风躺在花心里休息
山泉用音乐的脚步走下山岗
美丽的鸟反复晒洗洁白的爱情
蜜蜂在自由自在地啃着阳光
士兵坐进历史的视野从教科书里倾听

南昌起义的第一声枪响然后
把和平读成一个美丽的单词

穿一身戎装走在黎明的大道上
和平时期的士兵在思索着
应该做什么
必须做什么
阳光下还有罪恶滋生
稻谷里还有蛀虫生长

递给他琴
把一首战歌奏响
去亲吻共和国的战舰
去赞美长空的雄鹰
把祖国抱紧贴近胸膛
在这盛大的节日里
和我们一起放声歌唱

刊于《连云港日报》1996 年 8 月 31 日

怀念焦裕禄

我的故乡在兰考
焦裕禄的名字是我的骄傲
在兰考,
您用那根拐杖,
支撑住负重的病体,
撑起了一个人的信念。
您是一个严肃的诗人,
经过苦苦地构思,
只写下了"老百姓"三个字,
便是人间最美的诗篇。
您是盐碱地上沉思的"思想者",

在倾听稻谷拔节那昂奋的声音；
您是贫瘠沙丘上一股流淌的清泉，
涤去了那烦躁干枯的昨天。
您从遥远的记忆中回还，
弯着腰，收割累累的硕果，
您太累了，当您立起身子瞭望远方，
在我们面前就是一座不朽的高山。

刊于《连云港日报》1991年3月15日

乡情岁月（组诗）

张成杰　连云港人。1943年生于长沙。笔名老山泉，白水。市诗歌学会首任会长，入选《中国诗人大辞典》。作品散见于《诗刊》《扬子江诗刊》《星星诗刊》《诗神》《雨花》《花溪》《飞天》等国内各种报刊。

怀　念
——给一个老队长补写的悼词

你默默地走了
消逝的身影
如秋田里焚烧的稻茬
一缕淡淡的青烟
在茫茫夜色里缥缈

仿佛一片叶子
离开枝头
被大风吹远

被冰霜覆盖
悄无声息

新收的稻谷来不及归仓
越冬的麦田
还未追上一次肥料
你匆匆地走了
留下一段空白
如大水过后的河床

一把锄头的遗产
把最后的遗言
刻在亲人的心上
"人哪也是一季水稻
从插秧到收割
少不得流汗弯腰"

我不能说出更多
我不能说得更少
默默送你远去
接下来
把你我留下的庄稼种好……

刊于《扬子江诗刊》2000年第6期
获《鲁迅文学院》征文三等奖

秋　声

冷雨敲打桐叶
是这个季节最重的响声

一片黄叶随暮色倏然落下
大地寂无回声

爱唱山歌的小溪
因气候而口吃起来
高飞的大雁道一声珍重
把歌声带走他乡……

众多秋虫齐声吵热
一个清冷的夜
痴情咏唱擦亮
这片朦胧月色

昼的沉寂　夜的喧哗
我伫立在秋声里
看见一朵微笑的菊花

刊于《诗刊》1998年第6期

谷　草

挺直脊梁
支撑一个沉重的季节
最后垛在了
深秋的门外
寂寞好深
秋风把未了的情
传送给村头
守望夕阳的老汉
谷草以垛的姿势

站立着

谷草一生很轻

而落雪时从它的身上

能感受到大地的体温

刊于《扬子江诗刊》1999年第1期（创刊号）

插秧的人

水把天收进了田里

你把白云染绿

面对水中的影子

插秧的人有两重天

软软的泥土深深的脚印

你一步一步向后退去

秋天一步一步向前走来

迷蒙的春雨

插秧的人和秧苗一起

绿在田里

刊于《飞天》1999年第10期

种田的人

从不算计县长的更替

只会盘算那更换的节气

风风雨雨

忙活了一年四季

把自己也种在了田里

总在青黄不接的夜晚
被那扬花的稻谷　叫醒

刊于《扬子江诗刊》1999 年第 1 期

墙头草

风的翅膀鸟的手
陡峭上
站出一条生路

平台太小泥土太瘦
风雨中
举起春的高度

刊于《飞天》1999 年第 2 期

玉兰花王

把根扎在千年古观
便有了青牛西去的仙风道骨
年复一年与寒石为伴
守一厢冷月
守住寂寞守住冷落

八百年历尽沧桑岁月
一年一度　花开花落
开就开得坦坦荡荡
落亦落得洒洒脱脱

舍得玉碎满地
任由香盈幽谷

仰望你英姿挺拔
自愧平生碌碌
不若这深山古观
结伴不用花钱的
清风明月携一壶水酒
与你同酌

刊于《诗刊》2007年第7期

我走向一个透明的早晨（组诗）

张峦耀 江苏省电影家协会会员、连云港市电影家协会会员。连云港市作家协会会员。从1980年起，在《作品与争鸣》《连云港日报》《花溪》《电影文学》《电影创作》《农民日报》《连云港文学》《江苏戏剧报》等报刊发表评论、报告文学、诗歌等作品数百篇。

一

啊，我看见了一个透明的早晨
从青青小草叶瓣上流动着的水珠
啊，我闻到了一个芳香的早晨
从小山周围飘着的清凉的层层薄雾

朝露上滚动着的朝露
是你——早晨在一夜间
结出的沉甸甸的果实珍珠

二

孕育这颗颗朝露

你曾耗费了一夜的精力
啊，朝露
难怪你这么透明，甚至有点儿传奇

看着这珍珠似的水滴
我用心地思索
思索早晨向我提出的像朝露一样的问题

三

一个透明的早晨之所以伟大
在于唤起万千世界的觉醒
啊，更因为她用与黑暗搏斗出的汗珠
铺起了通往太阳的路，明亮干净
当万物在阳光下自由竞存
而你，早晨
却悄悄地消逝，不留一点儿痕迹

刊于云南省《花溪》1983年第4期

晨雾，轻轻地……

晨雾，像一幅乳白色珠帘，
轻轻地罩上淡淡的山冈。
隐去了，弯弯的小溪，
隐去了，高高的楼房……

晨雾，罩住了满山的菊黄，
但罩不住奔流的芳香；
晨雾，锁紧了繁华的山城，
却锁不紧欢闹的声浪。

晨雾上面浮着圆圆的太阳,
缓缓地打开雾的纱窗;
啊,晨雾轻轻、轻轻地消逝,
拽出了条条彩河在喧腾流淌……

刊于《连云港文学》1983 年第 2 期

果园里,溢滴着……

绿叶上翡翠般的水珠闪着明光,
热风阵阵飘散着迷人的馨香。
十里果园,结出十里沉甸甸的果实,
五色绿林辉映着缤纷的赤紫、橙黄……

筐筐鲜果散发沁心的芬芳,
曲曲心歌沸腾时代的激昂。
缕缕清香悄悄汇进甜的暗流,
啊,这里溢滴着馥郁的蔗浆。

鸟声啁啁与飘来的歌声和鸣,
果香阵阵陶醉了多少摘果姑娘。
绿园深处飘来欢喜的琴音,
哪根弦不拨在山里人的心上?

刊于《苗锦》1983 年第 3 期

雪·种子

纯洁的白雪卷着春的深情,
送给种子一床白色的缎锦,

不要说，数九天是这般寒冷，
不要说，白雪里流不出清芬……

洁白中珍藏着一片忠贞，
冰冻里活跃着绿色灵魂。
啊，碧绿的诗行写上蓝天，
是白雪押上一组春的神韵！

刊于《热河》1982年第3期

迎春歌声（外一首）

——在厂（1984年）春节迎春晚会上

吕成运 连云港市海州人，1947年出生。连云港市作协会员，江苏作协会员。出版《伪皇宫失盗之谜》《客从台湾来》两部长篇小说。《客从台湾来》获江苏作协主办的国内网络小说大赛三等奖；长篇小说《人间救药》参评湖北省"长江杯"网络小说大赛，获优秀奖。

没有舞台，没有麦克风，
没有弦乐，没有琴声，
只有——我们和时代，共鸣的激情！

不需伴奏，不需扩音，
只有我们纯朴的心声。
心在跳跃、血在奔腾；
听者在唱，唱者在听！

"年轻的朋友们——"
快唱吧，快唱出时代的——强音！
"在希望的田野上"

到处都有——我们的和声。

刊于《连云港报·副刊》1984 年 2 月 2 日

枫　叶

一双双翅膀在秋风里翩翩
一颗颗红心火红地映着长天
饱经风霜的枫叶啊
你是秋天仅有的一张名片

虽已不再年轻余晖渐渐黯然
但　风霜铸成的神采
依然　春色般的　娇艳

昔日位居高枝将要重返大地
唯有火一般血色
不会消退应有的　尊严

刊于《苍梧晚报》2005 年 11 月 3 日

雷锋车之歌（外一首）

张佑元 文学硕士、副研究员。曾任连云区委宣传部副部长兼文联主席。系中国音乐文学学会、江苏作家协会、江苏音乐家协会会员。出版诗集《山海港》《走进连云港》《开拓者》《奉献者》等12本，被誉为"黄海诗人"。

老百姓说你是平凡的车，
对待那老人如同贴心人；
老百姓说你是普通的车，
帮助那弱者解囊献真诚。
平凡的车，普通的车，
你是连云港市雷锋车。
啊——
头顶太阳迎春风，
夜伴明月追星辰；
义务运包不留名，
热爱港城写人生；
现代建设当先锋，
老百姓出门的一盏灯。
老百姓说你是平安的车，

护送那孩童情似海洋深；
老百姓说你是幸福的车，
拉着那孕妇及时找医生。
平安的车，幸福的车，
你是连云港市雷锋车。
啊——
汽笛声声向远方，
车轮滚滚有责任；
行程万里不留名，
雷锋精神永传承；
一带一路追新梦，
老百姓归家的保护神。

此诗由中国音协文雯谱曲、火箭军郭芳芳演唱，
入选建国七十年 DVD 音碟

迎着朝阳看桃花

迎着朝阳看桃花，
朝阳山湾美如画；
一片片，飞彩霞，
一层层，满山崖。
花海扬起红波浪，
花枝摇曳更优雅；
新楼老院映倩影，
人面桃花传佳话。
啊——
群芳吐艳鸟喧哗，
山欢水笑吐芳华；
远乡远客远道来呀，

桃林深处采新茶。
迎着朝阳看桃花，
朝阳山湾美如画；
一朵朵，荡心怀，
一株株，披红纱。
花海铺开红地毯，
桃枝伸手牵衣褂；
前辈栽下桃树林，
后生桃园建新家。
啊——
桃李芬芳漫天涯，
金山风水绣中华；
春风春雨春常在呀，
新的时代绘新画。

刊于黑龙江《词坛》杂志2012年

雾的断想（组诗）

李秉建　出生于1953年。江苏省作协会员。20世纪70年代末开始文学创作，先后在《青海湖》《雨花》《芒种诗歌报》《鹿鸣》《儿童音乐》《中国散文诗报》《散文诗》《连云港文学》等刊物发表诗歌、散文、小说、评论等作品。

雾　浓浓的
在凝重的冬日
弥漫开

日子浑浑浊浊的滚动
艰难地数着日日夜夜

太阳作为一种摆设
被闲置在高高的云天
透过仅有的一点光
露出一张苍白的脸

从雾障深锁的中心
隐隐听见沉沉的

诅咒般的呐喊

一种群体凝聚的力

正悄然滋生

给太阳重新注入能量

于是被封闭在峰巅上的太阳

重新用智慧之光射向大地

一切灰暗的

滋生雾障的元素

在阳光强烈的冲击下

遁隐得无影无踪

刊于《雨花》1987年第2期

仙人船

传说中当浓雾漫过马耳峰

预示水患即将来临

这时你会看到

一艘仙人船从天而降

在滔滔洪水中穿行

年少时灾害频发

我曾在人们的惊呼声中

好奇地看见你

在疾风暴雨中前行的帆影

那唯一的奇遇

让我一生刻骨铭心

多少年过去了

我一直苦苦寻找你

寻找你赤诚善良大爱之心
直至花甲之年
我终于来到你身边
我感受着你释放的灵气
享受一份至静的心境

这么多年
你已成为一种传说
传说中的仙人船
再也没有现身

刊于《新文学》2011年8月第11期

东磊玉兰花

美藏进深山
锁住爱
伴晨钟暮鼓
遥望远方大海

如轮岁月
碾过八百年
思想在这里
自由呼吸

当季候风吹来
你着一袭素服
款款而来
祭奠谁

刊于《连云港文学》2014年增刊

白蜡烛（组诗）

王家宝 男，1953年生，连云港赣榆人。江苏省作家协会会员。诗文见于《连云港文学》《雨花》《扬子江诗刊》《中国诗歌》《北方作家》等。印有诗集《麦草垛》。

一株小小的相思树
瘦削　苍白

幽暗里守着孤独
永久的花期
永久的站立
一茎柔肠
灿烂着一簇美丽

炽热的花瓣
炽热的语言
痴痴等待
那个叫白昼的情人

刊于《雨花》1996年7月号

理 发

一种根发植物

四季都生长

在我生命的顶峰

俯视一切

感受心的律动

聆听血液的歌唱

理发女的柔情

一半流进我的脉管

一半给了剪刀

软硬　疏密　粗细

乘坐明快锋利的音乐

纷然飘落

那一瞬间

我忽然感到

长长短短　逝去的日子

全部落地生根

与我对视

悲欢人生　苍茫世事

全都藏在细小的头发里

生命重于泰山

还是轻于鸿毛

一根根头发知道

刊于《扬子江诗刊》2007年第1期

蝴蝶标本

春的路上有个约会
美丽热恋着美丽
两面斑斓的书页
掀起　合上　掀起

小草读出风雨和霹雳
花儿认得彩霞与虹霓
一对情人扑来惊喜
一双美丽浑然不知

甜蜜的故事不再甜蜜
飞翔的灵魂永远停息
爱情毁灭了爱情
灾祸缘于沉溺

刊于《扬子江诗刊》2007年第1期

种含羞草（组诗）

刘晶林 一级作家。出版小说、散文、诗歌、报告文学等十多部。获紫金山文学奖、江苏戏剧文学奖、江苏省政府一等奖、中国影视家协会优秀长篇电视片奖等。

把一粒种子埋进土里
附带着种下羞涩
然后看它如何破土而出

发芽的过程大多是在地下进行
很隐秘，我们看不到
羞涩最初究竟是什么样子

如荷叶半遮半掩下的莲花吗
如微风吹拂轻轻荡漾的涟漪吗
或如少女双颊浸染的红晕……

含羞，多么美的状态啊
总让我们想起那年那月那一天
想起青春期遇到的那个人

有生之年,务必要种一株含羞草

务必懂得,只要有心

羞涩是可以种植的

刊于《连云港文学》2019 年 2 期

乘火车,卧铺

我躺在铺上

铺隔着火车厢体

躺在疾驶的车轮上

我在铺上伸伸腿

就跨过了一条条大河

就越过了一座座高山

车窗外,所有的美景

被我甩在了身后

尽管我仍旧躺着

入夜,奇迹发生了

一个我,早已沉睡梦中

另一个我,还在大地上奔跑……

这很像我需要的生活

人的一生,似乎轻轻松松

就被火车拉长了

刊于《连云港文学》2019 年 2 期

西连岛渔村

白天，把渔火藏起来
到了傍晚，随手取出时
一座小岛就被点亮了

波浪起伏，海面轻摇
疑似渔村在晃动
如同坐在船上

古老的故事讲了很多年
总是伴有晾晒鱼虾的气味
浓浓的，挥之不去

这些年，日子过得怎么样
无须黄花鱼用叫声一遍遍提醒
岁月——记着呢

今夜，该有一个好梦
朦朦胧胧的月光下
鱼群正在赶路，向附近的海面结集……

刊于《扬子江诗刊》2019年2期

削苹果的时候

削苹果的时候
苹果肯定很痛
细听，会有皮肉分离

发出的窸窣声

随着刀锋的游走
果皮变成细细的长条
无力地垂挂着
沮丧，像耷拉着的头颅

从开花到结果
再到苹果成熟
一个并不漫长的过程
就这样，被刀终结

久储的阳光，如泪
从果中渗出，沾在手上
削苹果的人下意识
舔了一下手指

刊于《扬子江诗刊》2019 年 2 期

挂在屋檐下晾晒的鱼干

我不是你们祖传的古琴
奏出的一个个音符
悬在那里
风铃一样摇动的我
是海的另一种残酷形态
深刻展示

很思念水中的岁月
沉沉不醒的是梦

嘴巴一律自发地张开
吞食湿润的风
捎来的海藻气息
而失色的瞳仁
映着远处一片蔚蓝
和绽开的浪花
圆圆地睁着
死不瞑目

不再自由地游动
每天都是一种姿势
岸就是如此简单
简单到不能使我
重复经历一次的地步
于是把身上的水分
一点一点交给阳光
痛苦便开始结晶
银霜般敷在伤口上
啊刻骨铭心

最后当我被敲得能够
发出金属声音的时候
就真正成为一片凝固的海了
很纯粹很地道
浓缩着咸腥

新疆青少年出版社 1993 年 10 月诗集《秋天的感觉》

那时候我种过一棵树

岸是我热吻过的笑靥
韵味无穷

风说礁石很结实
绿色是它遥远的梦幻
浪花说积水很咸腥
种子是它腌熟的鸭蛋
我却固执地要在小岛
种一棵树
一棵相思树

相信我的树
树冠是一支集合起来的优秀队伍
铺天盖地的阵容里
站立着太阳星星和月亮
站立着云朵白帆和彩虹
还有一只叫不上名字的小鸟
红嫩的小嘴很可爱
有歌日夜唱

牛郎和织女的故事
在我树下得不到生长
绿荫里只有一根常青藤
援着树干往上攀
情调很是缠绵
是一根长长的纤绳吗

奋力拉着树的船
站在甲板上
我看见岸的码头上
红纱巾舞得动情……

许多年以后
我和妻很想去那座小岛
看当年种下的那棵树
生长的怎么样

新疆青少年出版社 1993 年 10 月诗集《秋天的感觉》

一地鸡毛（外三首）

纪祥华 笔名文墨，虎山人。诗人，书法家。江苏省书法家协会会员，江苏省民间文艺家协会会员，连云港市诗歌学会副会长。曾在《诗刊》《雨花》《北方文学》等报纸杂志发表作品五百余首，获得第二届花果山诗歌奖等多种诗歌奖项。

端坐于窗前
看一个人渐去渐远
直到背影消失
许多事就是这样
永远在你背后
然后留下谜
而不知名的风
又常常会莫名地撞怀
你来时是这样
你去后也是这样
思来想去不知为什么
就成了一地鸡毛
一地鸡毛偶尔也飞上天
忘掉肉体和人间的样子

从　容

软着陆，外加一段滑行的距离，将深秋
的水熨成
一块平整的玻璃
偶有闲云照鉴
空水澄鲜，雁影又将
迟桂、雏菊调成玉液
紫丁香退回雨中歇息
鱼肠剑爱上了慢太极
虽说江山有些旧了
而平岗上的斜阳
却弘开道场
那株菩提将金黄的谷粒
默默地交给了语言

很多年

很多年，鹜端坐在云上
石笋缄默
蚌磨着砂粒
很多年，冰凌挂满低矮的屋檐
流水穿过花荫
像过路神仙
很多年，春草更行更远
古道荒芜
你的蝴蝶不来
空了小院秋千

很多年，咫尺天涯
那一步之内的门槛
让弥望
一再错过春天

刊于《连云港文学》2018第7期

归　途

将归宿交给足踝
将心砺磨成一把钝器

尘土腾起时
早已预示着落定

将身体交给时间
去见证刀锋

就像某个间隙手指被割破
却意外地开出玫瑰

刊于《北方文学》2018年第7期

红土情（六首）

李锋古 笔名丰古，江苏东海人。中国作家协会会员，省书法家协会会员。下过乡、做过工、扛过枪，在多层机关任过职，工作之余喜爱舞文弄墨。多年来，在各类报刊发表文学作品千余篇（首），诗文入选多家文学作品选集。著有诗文集九部，第三届郭沫若诗歌奖获得者。

山，懂得水的缠绵
云，懂得风的洒脱
风，懂得花的妖娆
遇见你
是生命中一次美妙的感动
雪花却是无法倾城
我们不言不语间
已成为今生今世的永恒

红色山峦
以清新脱俗的姿态沉静
氤氲了一帘幽梦
这是不是无言的挽留

我只想用思念
来诠释你的纯粹和从容
就让我掬山涧里的一泓泉水
再次温润你的心灵

红土地，生命的根
在你脚下栽下的214棵苗子
早已茁壮成艳丽的花
在岁月素白的笺上暗香盈袖
三年，指间的一乍光阴
我要走了，我的红色恋人
寒风捻着我的心事
就让生命，留下相惜的暖意

刊于上海《文学报》2000年9月，组诗选一

大贤庄遗址

在红色山峦的环抱之中
有一个不起眼的村落
已经存在两万年的村落
依旧茅房
依旧布衣
依旧古朴
那烟熏火燎的残垣断壁
那散落山野的石刀石斧
流淌过祖先的血泪
积淀着远古的文化
激发着科学家们的思索
也满足过绿林好汉的欲望

在红色石头的缝隙里

一股清澈的山泉

沿着少女的乳沟

流向这座古老的村庄

两万多年的物种

已经发生变异

两千多年的性格

却依然如故

山歌还是浑厚高亢

妹子还是靓丽多姿

男人还是彪悍勇猛

婆娘还是泼辣调皮

走进山寨

走进袅袅的炊烟

走进姑娘的秋水

无限的神奇

无限的融合

虽然贫穷却有思想

虽然褴褛却有诱惑

这里没有城市的噪音

这里没有山外的狡诈

这里是一块净土

走进这块红土地

便叩开了一部历史的大门

刊于《诗刊》2001年第10期，组诗选一

今夜轮我站岗

真巧,在你的生日之夜
轮我站岗
夜是这样的深这样的沉
不知心上的你是安然入眠
还是同我一样
裹在夜幕里徘徊怅惘

真巧,在你的生日之夜
轮我站岗
流萤在欢快地舞着
枪在严肃地站着
眼睛咬着黑夜的深处
思念飞向远方

真巧,在你的生日之夜
轮我站岗
枪刺挑起的圆月
是送给远方人儿的生日蛋糕
枪尖的星光
是为心上人点燃的烛火

真巧,在你的生日之夜
轮我站岗
我真想让自己的心
乘上山鹰的翅膀
将我的祝福和热恋

投递到你的身旁

      刊于《雨花》2001年第4期，组诗选一

雨中登花果山

秋雨在不停地下

叶儿悄然飘落

秋风在大声地议论着

夏天的闲话

我们登上花果山来到三元宫

悠扬的钟声响起

一下二下三下……

到了孙悟空的老家

一种远古的气息

扑面而来

神灵一般将我轻轻缠绕

心被深深触动

在诵经声中

不由自主地伸出双手

为美丽的港城祈福

为美好的未来祈祷

      刊于《中国文艺报》2009年7月，组诗选一

你的清纯绝无仅有

一个梦中曾经相识的人

一个现实中无法企及的人

你干净得像一张白纸

你透明得像一泓清泉

在黑夜的底板上

你是如此阳光灿烂

你的出现，像一盏灯

改变了夜的布局

一袭漂亮的晚礼服

衬托出白玉兰般的典雅和高贵

你垂落在胸前的长发

掩饰不住青春的骚动和渴望

你清澈见底的双眸

在关注着谁？

你发出的会心浅笑

又是为了谁？

你不是天堂的仙子

却能让人为你死去活来

你的清纯绝无仅有

你的美丽盖世无双

第一次遇见你

我就像清风一样快乐

像月光一样明媚

在你的面前

有许多美好的想法难以启齿

只想把你酿成美酒，窖在心里

让自己沉醉一生

刊于《中国作家》2011年第11期，组诗选一

父亲老了，我亦不再年轻

父亲，你八十多岁啦
老了就老了，还称什么英雄
拄着拐杖，佝偻着背行走的背影
已经暴露了你人生的秘密

你老了，我亦不再年轻
面对飞驰的时光，不要叹息
为自己的爱，我们都去买过单
丢失的青春，也不必惋惜

父亲，我也六十岁
请容许我挽着你的臂弯
在铺满落英的草地上散步
不要回忆和幻想，慢慢地走

只有你年轻，我才更年轻
保持年轻的心态，在生命的路上
一定要活到没有年龄
有我陪伴，忘却是一种重生

刊于《扬子晚报》2017年7月30日

山村教师（外四首）

魏　琪　出生于1956年，江苏连云港人，大学文化，中国作家协会会员，国家二级作家。曾在《中国作家》《中国现代诗》《中国青年》《人民日报》《解放日报》《文汇报》等国家级、省、市报刊发表诸多诗文，作品入选《江苏文学50年》。现任连云港市诗词楹联协会会长。

他把孩子们的希望
担在柔韧的肩上
他用坚实的足印
带来山外的风景
他用一根扁担
挑来教材课本
山上雨季
他每天背着学生
趟过湍急的溪流
他把绚丽的青春年华
写在简陋的黑板上
告诉莘莘学子
山外有辽阔的世界

练硬翅膀可以凌空飞翔
他本可以离开大山
与妻儿过上悠闲的生活
是孩子们渴盼的目光
紧紧勾住他的心
他最幸福的时刻
是曾经的学生考上大学
孩子们视他为父母
他也离不开孩子
他说要永远教下去
直到教不动的那一天

在敦煌

幽暗的莫高窟里
流淌着佛祖的神韵
七彩的飞天造型
叙述着空灵的博大
反弹琵琶的天女
音符跳动着故事
每个洞窟里的奇妙
此刻仿佛睡着了
观瞻者却睁大眼睛
唯恐漏掉每一个细节
外面的鸣沙山摇起风铃
呼唤着现代气息
从沙峰顶上俯冲下来
刺激的尖叫声此起彼伏
月牙泉依然静谧地躺着

神奇的千古不涸

轻奏着浪漫的小夜曲

泉边有画家在描绘

柔美的波浪是清澈的

与流连的少女融为一体

有诗人在抒情

想象中的大千意境在飞翔

旖旎的碎片敛收聚合

此时的敦煌呵

醉在一杯浓酒里

人也醉在其中

不知方向为何物

海滨夏日

七彩的太阳伞下

缤纷的泳衣像一条条鱼

跃入蔚蓝的大海

溅起晶亮的浪花

夏日的海滨是梦的广场

轻盈美好的向往

贴着海面自由地飞翔

金黄的沙滩是爱的柔床

多少人在此沐浴阳光

微浪里人头攒动熙熙攘攘

奋力前行游出明天的渴望

你看那一对母女相互勉励

优美的泳姿像流动的诗章

这一对父子沉着干练

一口气冲向遥远的拦鲨网
更是那一对矫健的恋人
潜入水中很长很长
倏然海面上飞来汽艇船
犁开一道道闪光的波浪
哦，海滨夏日的交响曲哟
是这样的斑斓而悠扬

休　渔

休渔的时分
是渔家最甜美惬意的光景
机帆船要维修了
刷上一遍油漆
让这大海的骄子重现铮亮
船舱里贴上一幅画
那是丰收的景象
连着渔家幸福的梦想
偌大的渔网需要修补
飞梭织出鱼虾满舱的渴望
爷爷奶奶补上金婚的典礼
如今的日子是这样红火难忘
爸爸妈妈出国旅游
去看看埃菲尔铁塔和多瑙河
小伙子姑娘在海边谈情说爱
抒发着对美好生活的向往
哦，休渔的日子
大海在唱着欢歌
鱼虾在快乐地生长

蜜一样生活的渔家
又在积蓄着出海的力量
明天大船又将劈波斩浪
写下粗犷而又欢畅的诗行

　　　选自《秋风帖》2019年6月，中国书籍出版社

鸽　岛（组诗）

孙　浩　出生于1956年，1985年汉语言专业毕业。曾精心于小说、散文等文学作品的创作，在此基础上对现代诗歌有着更加贴近和深入的理解并付诸探索与创作。

邮筒的绿色马车赶着青苹果
季节里的遥望

心跳抱住夏天夜枝剧烈摇晃
星群从灵魂的峭壁上坠落

红翎雀啄食春天之壳
雪地上的汉词带着脐血

鸽子飞越掌中河流
蓝色门牌号睁大风暴杏眼

我的白羽无归于你的海面
折翅的骨髓里长出石头

哦，等你归来在海一方说不老

看伤痛如何能填平的鸽岛

刊于《苍梧晚报》2018年1月23日

孔望山摩崖石刻

灵魂沿着夜的峭壁走夜路

黑色酒幡下喝不完黑色的酒

胆汁的海面发出崩岸的惊叫

寒星是石头醒来的眼眸

斧凿之痛，摆渡在千古冷月中

抵达眼岸时一船蹦跳的木鱼

祷语的楔子嵌入光尾

时间在心壁上挣扎到剥落

潜去了的锋线长出茂盛的铁篱

狗年站立哑口给春天讲故事

一匹奔腾烈马从断崖上轰然倒地

猩红的野花点燃每一条路径

刊于《苍梧晚报》2018年3月9日

塔山古道

古道的牙齿脱落在时间磨盘

咸潮碾成清风走过

龟石板犹念蹄铁的火星

马尾松的节疤瞪大风暴眼涡

海上的魂魄归来
残阳烧红了倾诉的崖口
决堤的黑夜直抵桃花之喉
眼眶渗满大海放一叶晚舟

塔峰，今夜大山的桅杆
白脸叱一地碎片风帆
冈上搁浅的细语惊落而下
鹅声点亮灯火的心岸

刊于《苍梧晚报》2018 年 4 月 13 日

从春天出发

殷开龙 江苏连云港人,市供电公司原宣传部长,《大众用电报》原主编,东海县作家协会原主席,连云港诗歌学会副会长。

笔落在纸上
就这样出发

一条蓝色的小溪
叮咚着流向远方
带着迷途的羔羊
挽着一串串有名和无名的花朵
受伤的鸟儿
用透明的浪花
擦亮信念和翅膀

笔落在纸上
就这样出发

和一片草地

一束芬芳
和黎明的曙色
雨后的阳光
和微风细雨
浮云雁阵
一起上路

笔落在纸上
就这样出发

和炊烟
和柴门犬吠
和阳关三叠
鸡声茅店
和一叶扁舟
一片汪洋
一片汪洋的蓝色
一起上路

笔落在纸上
和一本新书
一道数学题或一个思想
一起上路

刊于《诗刊》2004年第4期

想　象（组诗）

吴　鍈　原名吴德欣，江苏赣榆人，汉语言文学专业。中国作家协会会员，国家文学创作二级。中国音乐著作权协会会员，连云港音乐家协会会员；连云港诗歌学会副会长，赣榆区作家协会副主席，赣榆区诗歌委员会主任。

  白色的塑料袋鸟一样飘在空中，一只翠鸟
  被一个人拎在手中，穿过街心公园

  一个穿街而过的人被飘下来的塑料袋网住头颅
  躲过山洪暴发期，鱼群正顺流直下

  一辆大车翻在沟底，马在坡上嘶鸣
  一匹毛驴仰面朝天，驭手持鞭而立

  一只苍鹰箭一般射下，一条野兔翻身倒地

  自来水钢笔戳在地上黑了一层泥土
  小草绿出地面以后，高出某个人的想象

狗尾巴草在雪上枯黄，西风里
枸杞子鲜艳欲滴

当婴儿在夜半哭出了声音，一个诗人
正踏破乱坟岗在寻找一只鞋
和一小块可以落脚的地皮

刊于《飞天》2001 年第 4 期（入选 2001 中国诗歌精选）

浇一浇菜园

秫秸夹成的篱笆，过罢了正月
在杨柳细腰下开始摇晃了
一瓢一瓢水，滋润的菜畦
新媳妇一样俊俏
蝴蝶栖在菜心里
蜻蜓落在草尖上
瓜秧窜上篱笆就开花了

她想吃杏子了。
又要吃桃子。
拔起的萝卜带出的泥
嚼吧嚼吧，她哇的一声：吐了
山外揽活的男人
被打桩机的声音包围
看不见自家的菜园
瓜妞儿结的很大了

晚　秋

在落叶的灰烬里
一阵阵的寒气盘旋而来
埋伏在母亲体内的病根
像灶前的风箱，喘息不止

用木锨翻晒稻谷的父亲
把秋风扬到白露，一阵阵雀跃
在大雪未落之前
他挑起两担白米去了挖河工地

在村庄的上空雁队飞过
蜿蜒着一条人工河的痕迹
炕上昏黄的灯盏，等候着我的晚归
披起夹袄的母亲像一只守夜的老雁
棉衣上的针脚比秋雨更细密

　　　以上两首诗刊于《诗刊，下半月刊》2003年10月号
　　　入选2003中国年度最佳诗歌、入选《新世纪5年诗选》

南　岭

牛站在了岭上
一群羊游走在岭上
云彩一团一团飘到了岭上

青草覆盖在岭上
红薯秧爬满了岭上

一棵棵高粱和玉米种在了岭上

是几块石头裸露在岭上
是一群鸟落在了岭上

不是的，是一个人来到了岭上
垒起石墙，他把一座石房盖在了岭上

不是的
是一颗星星依偎着另一颗星星
它们把细碎的脚步
和喃喃的私语留在了岭上

也不是，是月牙儿偷窥了南岭
然后羞涩地闭上了眼睛
夜色笼罩了岭上

击　壤

一个人在累得不行的时候
一把镢头会脱手而飞
一块石头被砸开了花
——你们肯定是这样猜想的！
"怨恨在田里劳作的人
会拿农具和庄稼出气的。"

这是夏至的前一天。
我先拔掉一些野草，我的手成了仙人掌
扎满密密麻麻的刺

一件汗衫紧紧贴在背上，像蜥蜴趴在石壁
我的镢头扫过那棵山枣树
因为用力过猛
狠狠地砸在前面的那块石头上

我是一个很卖力气的人
汗水噼里啪啦砸下来
我不会像你们想象的那样
蹲在垄上抠泥巴玩

感谢那个叫作"劳"的古人
他留下了一个多么丰富的词"击壤"。
我学着劳的样子
吭哧吭哧喘出粗重的气息
一块石头一片一片碎开

"说风化的人应该感到脸红！"
还是在6月21日的前两天
大雨猛然降落在一个即将收工的正午
滚烫的石头猝不及防
它们给激炸了，像一朵朵白玉兰

我击壤。
很大的一片石头在脚下变为砂土
我的汗水一滴一滴
像无数粒不起眼的小雨点

以上两首诗歌刊于《诗刊，下半月刊》2005年11月号

入选2005中国年度诗歌

易　歌（节选）

颜景标 1958年生，诗人，1982年开始发表作品，出版诗集《白色走廊》《易歌》《呼吸水纹》。《易歌》获江苏省第三届紫金山文学奖。

小　畜

大风回旋，从告别的西郊，大风卷过来
那条领头的龙隐身于密林之内
急速的吟声在幽暗之中突然沉没
我认出了大风，它的上升与低回
它经过一件事物的中心时，让我
深入其中又置之度外
大风漫天吹来的时候
在我的表情上划下伤痕。大风啊
缄默的树木之中，它是否准备
携带着雷声再次旋起它的羽翼？

我亲眼所见，有一片枯叶

祈求到无边无际的雨水上漂泊犹如我手掌的纹路上，随时
都会走出一位怀揣神谕的天使，这片临近
凋零的陆地上即将诞生滚滚震雷

暴雨终于降临我的心中
仿佛所有的苦痛，被滂沱的力量
紧紧抓住，突然就苍茫而去
仿佛一个时代被点点滴滴的雨水
吸收，中和，融化，成为新的形态
呈现在我们的面前：晶莹、柔和、富有乐感
这种时候，龙还在潜伏之中冥想
没有丧亡，至于我——
庆幸的是已被雨水浮现出来

否

秋凉漫过来了，比流水还要快
然而此地看不见奔流的河水
此时也不是故乡，只有冷意营造的闭塞
在一切形式的内部不断膨胀
这个秘密我不能言说，但即使言说
一个伤口说的话
谁会倾听？何况还有繁华的外观
就像一块完整的人造磐石
其中液态的部分喷发出来，说不定还会
沉静为巍峨的风景

鸟巢，不就是飞翔所依赖的吗？现在
已被风雨攻陷一片飘摇

坠落，变形，破碎正如眼前的隆冬？

说吧承认吧，那簇无序的枯枝

不会发绿，不会再有啼鸣声敷在表面

也许盘旋不停的鸟群是个引诱

我留在家中并无十分保障

在这被掏空的核心里，谁甘愿成为

层层剥落的斑驳尘埃？

或是一声蒙满尘埃的叹息？哦现在是时候了

难道我们始终担当的痛苦

不应该在久久低垂的胳膊上萌发春蕾？

凭着怎样的芳香，怎样的绽放

我们来在闭塞的反面

种植一片郁郁葱葱的山林

大　有

我担当得起吗？——使命抵住我的要害时

竟然没使我释放出一丝疼痛，哦，不

我的内部怎会有出口供我呻吟？

瞧，旭日将我最隐秘的本质擦亮

并且用一柱光照把我从黑夜上扶起

它俯瞰人心的目光，顺便

洞察了一切，我的双肩，我的渴求

我的全部财富——胜任

与力量，以及这个深秋即将完成的告别

拥有过盛的人，他被迫离开，只是他的甲胄

充满的无限山河依然存在吗？

或者，他的手里还抓住岩石和树枝

和被他使用马蹄杀死又降生的无数个露珠？

这些他无法带走，但请告诉我
他的凄凉的威风，和风雨飘摇中
那敛翅的宫廷飞檐呢？在我面前
既不是未来，也不是愉快的回忆啊！
为了补偿我的憧憬，那场春花雪月
正如一片期待继承的雕栏玉砌
它的内部，会不会有一个中心
毫不犹豫地分离出来？那辆负重的大车
我希望知道它的历程和终点
那座衰落的花苑，我守候它繁华
因为色彩缤纷的规律
会由于持久不变而自由……这一切
如此沉重，那么，我担当得起吗？

噬 嗑

能留住你的悲愤吗？我把自己
交了出去第一滴眼泪就淹死了恐惧
那么多极富美感的刑具那么多奇妙的花招
仅使我的外形变得丑陋一些
从么喝到么喝，那些威逼我的力量
却让我逐渐掌握了这个世界
或许是它的最易被摧毁的部分
就像某个残忍的心理，正因其残忍，才是
最脆弱的，他已经觉出了危险？

的确，这是你始料不及的，所有
深渊都似乎等待我沉底
所有静默都为了叫我说话

一旦开口，胸腔就成了预言的坟墓
于是我控制自己，嚼碎了强加于我的悲切
我们还能依靠谁？迅雷并未行动
想象中的闪电更没有临近了，加以明察
仅仅咳嗽声便隐身到九重天外
我没想到，自己的无助竟焕发了自己的力量
犹如一只黑色的鸟，必须在黑暗中奋飞
将它消失了，哦，你会觉出些许的撞击
现在，该下手了——削去耳朵
我能听见深重的孤寂；熄灭我的眼睛
还会望穿无始无终的暗夜
的确，一切尽在预想之中，他该下手的
正如他该主宰我们的命运吗？
什么质料做成的，他的残酷，以及
我的被斩掉的脚趾，我们将扶住什么
从容不迫地走向生命尽头？
在那儿，脚上的木枷会绽开花蕾？在那儿——
你即将复出，在我盛开的伤口
以一朵玫瑰来收拾他的败局？

颐

被养的内心，噢，不再惶恐
把一切收回，珍藏。然后安静的跳荡
自从我的外形被囚禁以来，我常面对
斜在墙角的月光深感这个世界
何等的微弱。只有坐在它的边缘
才知道被它的中心所放逐，才知道
月光，作为发亮的尘埃

从夜晚的身上脱落,才知道一间囚室
关闭的黑暗,如何养育了灯盏
直到那张只有我看清的脸,用深情的告别
在当初挥手的地方又将我紧紧拥抱

那么,是谁,使用睫毛下垂的眼眶
犹如铁窗困住了我的心?是谁
又迫使我拿出鬓角的飞雪
去颐养回旋的寒风?你们是谁啊!
当一声震雷,从我的下腮响起的时候
你们贪婪的神色难道没露出凶险?
难道这一切,仅仅由于
从我充满人性的空间,曾有一束稻穗
养育了轮回的丰盛时节?
哎,你们的心,为什么一直荒凉
敷于树皮的绿色哪儿去了
宁愿被诞生,从根部的阴影之下——

大地上的野草啊,那张只有我
看清的脸,用春光颐养了盛大的田野

家　人

为了三片大叶的命运,我不能不放弃
自己繁荣的欲望,转而品尝飓风的不断击打
被雷电突然折断的亲情
在暴雨中喊出了无助,使我无法回味
逐渐陌生的繁茂。一棵婆娑的大树
父母的根须,已经不再裸露着

健壮，却也不忍深藏地下。当初枝丫
生长的灯笼，许多果实甜蜜得发亮
就像季节通过枝条去了又来
它的年轮坚忍而柔顺，围绕
未来，持久不变向上回旋
释放了鸟鸣和浓密的恬静，并使得
森林积聚了碧绿的光芒，以便成全我的仰望

如今，哦，我的三片大叶，我常常
在我的渴望中替他们保存了诚惶诚恐
由于他们的叶脉上扩展的空间
即使风雨的本性愈加狭隘，也是一棵树
呈现的永恒的宇宙空间。哦，漂泊的大叶
他们何时返回期盼他们的枝丫？
难道悲愤的存在之内
另一片叶子的呼求，不比眼泪的内涵更加
丰富么？难道一滴苦涩，应当成为
他们飘摇过程失而复得的护符？这是
藏而不露的险恶——
也是我怀揣的痛楚我的目光
射向森林的质询，可以补偿我的逼视？

2003年12月8日《易歌》，作家出版社，2005年2月第1版，

三月的春风

林　农　又名林如渊，笔名曲辰，网名海西过客。1958年出生于江苏南京。有诸多诗歌、散文作品在市级以上刊物发表，或编入专著。曾出版个人诗集《曲辰抒情诗选》。现为江苏省楹联协会会员、连云港市诗词协会理事、连云港市作协会员，《大潮吟》主编。

我热爱三月
我独爱三月的春风

塞北边陲：柳丝摇曳
江南丘陵：山花缤纷
一条条新诞生的小河
一片片刚抽芽的幼林
从飘逸的炊烟
从春归的老牛
从呢喃的雏燕
从雀跃的孩童
不论你走到哪里
哪里都有三月的春风

我追寻三月
我独寻三月的春风

工地车间：夜以继日
车站码头：笑语欢声
血液里散发着三月的气息
骨骼里凝聚着三月的热能
从技术员的图纸上
从老教师的教鞭里
从红领巾的课桌前
从小战士的胸膛中
不论你走到哪里
哪里都有三月的春风

我歌唱三月
我独唱三月的春风

大河上下：晶莹葱绿
长城内外：落英缤纷
青春的活力春潮般涌起
时代的号角春雷般滚动
从陈广生的著作中
从贺敬之的颂歌中
从毛泽东的题词中
从江泽民的论述中
不论你走到哪里
哪里都有三月的春风

三月的春风就是雷锋

这是希望的旋律

雷锋就是三月的春风

这是生命的雷霆

春风在召唤我们

雷锋在召唤我们

让我们沿着三月

沿着三月的春风

沿着雷锋精神

走进亿万人的心灵

    原载1996年3月5日《淮阴日报》，署名：曲辰；后载入《曲辰抒情诗选》，大众文艺出版社出版，2012年6月

美丽人间（外一首）

吴家齐 江苏连云港市人，爱好中医学、文学、社会学。曾发表《破析，炎黄子孙，龙的传人》《漫话盐文化》《滕花落古城因旱情而废弃》等重要文章，连云港市历史学会会员、连云港市诗词协会会员。

穿越时光的屏障
沐浴沧桑
寻觅心中最美的偶像
青春绽放光芒

一个静静无语
一个默默张望
只是会心一笑
却把柔情拉长

心灵不断成长
长出翅膀
巡视每个季节
迎来初露的霞光

日月如梭

真情难忘

人生如酿

醉了才知芬芳

穿越时光的屏障

沐浴沧桑

寻觅心中最美的故乡

喜悦涌上脸庞

听过春燕吟唱

独爱莲花荷塘

尝尝累累硕果

赏析大地银装

心灵不断生长

长出翅膀

在蓝天翱翔

忘却痛苦和忧伤

日月如梭

童年难忘

人生如酿

醉了才知芬芳

2017年10月25日

我

我知道,
世上人很多很多,
寒潮来了,
不因为人多,
我就不感到寒冷。
寒潮来了,
世人都会经受一次严冬般的考验。
冬天过去了,
春天一定会来。
感受冬天,
迎来春天的惬意,
也只能自己知道自己,
于是自己就成为自己的知音。
生活的甜苦,
把我打造成一首知冷知热,
有情有意的诗。

2019 年 1 月 24 日

生命的醒悟（组诗）

崔月明 1960年生于海州，祖籍北京。现为中国民间文艺家协会会员、江苏省民协副主席、江苏省文艺评论家协会理事、江苏省作家协会会员、连云港市民间文艺家协会主席；连云港市第十一、十二、十三届政协委员，海州区第六、七、八、九届政协常委；《民间大观》主编、《海州历史文化》执行主编。

今晚无约

没有什么
让疲惫的心　回到
森林中的小屋
不必在意老虎的神色
我将背负了一天的石头
像抛一只飞鸟
抛向夜空
我要独自去走走
踩着荷塘的月色

独自走走

花蕊上挤满悠闲的露珠
没有插足的位置
回头一看
来路上的树纷纷倒下
我不想明白是怎么回事
我还是独自走
坚决拒绝一只蓝眼睛的豹
同行

一坛酒溢了一个世纪
始终呵护漂泊的小镇
我同情落泪的泥土
但不同情潦倒的自己
注视鸟的足迹
有的事一生不用提起
肯定　一个码头无法靠近
但我深深相信
等待我的　有许多

向往西部

北方的狼
挣脱沉迷的镣铐
狂奔在
没有鬼雨的戈壁
森冷的目光
射穿翻卷的云层

一支风韵超群的茉莉
开在
青紫色视线的冬天

风沙如猛虎
践踏我灿烂的面靥
翻开昨天的日记
驰笔九万里
始终
是一个辉煌的主题
拥有遥远
是一种美丽
频频称颂一段恋情
不知归处
走不完的温厚
忘却了情人的屡屡告诫
欢愉的情绪
依然故我

离别时分

有一种美丽刚刚产生
新月就已经西沉
勃发的情绪
吐一口烟圈　在杯中袅绕
壮心如水
丝毫也没有发觉
跌落于星空的夜鸟

斜躺于一个漩涡之中

我很孤独

微微地抬了一下眼皮

竟与死神相视

在这样一个不幸的时刻

叫我　怎么相信崇高

横亘在秦王嬴政的宫前

伏地寻找一把钥匙

一串逍遥的信风

在檐下转来转去

遁入空门的念头

被天空的视线砍断

掀开窗帘

我毅然决定承担

一切后果

刊于《萌芽》1998 年第 3 期

和你面对而坐

和你面对而坐

如同

面对一帧精致的风景

纯洁的氛围　顿时

澄清了抑郁许久的心情

生命寄寓的况味

仿佛一张白纸

大胆的顾盼

诗意只是错觉的幻影

还用说什么呢
举杯为您祝福
难得这样
享受一刻宁静

有时候　昏昧的生存
本身就是一个圈套
然而　我并不在意
在意的　只是你
那双温存而又沉寂的眼睛

感谢你
一句话支撑起许多日子
和你面对而坐
是一次忧伤的幸运

刊于《扬子江诗刊》1999年第2期

感谢枫叶

响亮的一生
定格成一片鲜红
默默地走进暮秋
只有你　才能点燃
渐渐沉寂的躁动

习惯于淡泊的心情
伫立山峰
成激越远方的姿势

每一个人在同一时刻
被枫叶照亮
记住阳光
便拥有不朽的生命

一个寻根的诗人
与一种文化同时登岸
任淡漠的荣誉随河水漂流
你只能选择其中一条路
保持纯真
是你实实在在的本色

向往即是永久的歌
在岁月的呼吸里行走着
血液、火焰、热情
泗渡的目光　从此
大彻大悟

审视自己

一段故事　步履蹒跚
带着疲惫的记忆靠岸
潮湿的目光
婉转地
告诉窗外的晚风
生存有许多种方式

忽略一种背景
是一个永远的失误

不管是什么姿势

那无法逾越梦呓的关注

无数次翘首期盼

无望地阅读走近的身影

多次跌倒在美丽的欺骗里

审视自己

总有一种情感承受不住

穿越葳蕤的山峦

触摸胸口

心仍在跳动

如果夜空还有一颗星星

在闪烁

我会

再次整装出发

刊于《雨花》2000年第10期

歌(组诗)

卞华平 出生于1960年,70年代末80年代初开始诗歌创作。有诗、散文、小说散见于报刊。有诗获奖入选诗集。已出诗集《往事》《秋水》,散文集《芦花》。

一

好一个你
膨胀着我无声的叫喊
颤动且跌落
低首之间走近你

二

无法证明
我的祖先
不是鱼类
稔熟于表情的皱纹里草腥弥漫

三

攀援上树

凿穴而居的日子

那也是人过的日子吗

泪日夜从山巅滚滚而下

四

习惯于对你起誓

席地而盟

把剑放在左边

把酒放在右边

五

剑亦是你酒亦是你

在涂满青铜的时间里

我和我的家园

一醉千年

六

以鱼的心情

把握犁铧的急切

出没于世在你眼中

我还不是个无家可归的孩子

七

是世界的原色

还是你的纯粹

必须心静如雪
要不我的心中一片黑暗

八

你无愁而眠
我将熄灭的渔火
装进我长长的箫
重新吹醒

九

今夜我将深入
并最终发出鱼的叫声
让灵魂纷纷离开形状
和水在一起

选自诗集《往事》，银河出版社

寒冬之美(外一首)

杨春生 (1960—2014),笔名雪人,中国作协会员。曾任市建筑总公司副总经理,市作协副主席。著有诗集《跨越世纪之门》《浮在海面的黄土》《异域诗踪》等,曾获郭沫若诗歌奖和第二届中国长城文学奖一等奖等重要诗歌奖项。

寒冬之美　在于
在皑皑苍茫之中
用结冰的风
吹出　可以让狼群
仰面朝天的口哨
让男人一样的苍山的
下颚长满
粗壮迷人的
白胡须
在于把冒着寒气的温度
由气体变成固体
变成　裸体的
哲理诗一样
看似透明

但百求无解的意境
在于让空荡荡的
大野之上
只有一只鹰在飞
一只兔子在跑
一个看似猎人的
晃动的　影在追

寒冬之美　在于
千里冰封万里雪飘的
壮美　在于
长城内外　惟余莽莽
大河上下
顿失滔滔的
宁静　在于
山舞银蛇
原驰蜡象的
喧嚣　朦胧和
缥缈　在于
一首诗歌
并没有解冻
另一首诗歌
也没有解冻

2009 年 3 月 27 日南京凤凰台

一瓣梨花足以证明一个季节

不要太多的诠释　真的
其实一瓣梨花足以证明一个季节

春天　本来就是万象更新的日子
厚厚的棉被揭去以后
赤裸的生命倍感阳光的温暖
可以想象一只换了春装的鸟
活泼地蹲在枝头的欢乐　想象一头
脱掉棉衣的牛　男人一样光着膀子
站在田头　与回归的太阳对视的自信
想象一些六只脚的昆虫是如何
面含羞容地光着身子钻出泥土
面对一抹清辉　寻宝一样
去寻找先辈留在花丛中的中式旗袍
南方蜡染和花花绿绿的时尚服饰的兴奋
其实我们根本不要绞尽脑汁地去
诠释这个或者那个　本不应该
称之为问题的问题　我们只要抬起头
看看越走越近的太阳　我们只要觑一眼
那个叫作冬季的老人　悄然褪去背影
我们就会明白　一瓣梨花足以证明一个季节
足以证明那个圆圆的果子挂满枝头的日子
已经来临

2008年11月14日南京师范大学专家楼
以上二首刊于《诗刊·下半月》2010年3月

掌上的马群

掌上的马群
正以日行千里的速度
沿布满水草的指纹
飞驰而过

接下来的是一群
叽叽喳喳的大嘴鸟
一只进化中的猴子
和一群退化中的人

我的掌心晴空万里
沙化的草场
养不活一群
孱弱的羔羊
干涸的河床
托不起一轮
洁白的月光

我的掌心布满沧桑
脱发的山川
满目疮痍
尘土飞扬
裸体的高原
疤痕累累
羞辱难挡

孤傲地站立在
东部非洲的荒原上
我就像一只
突出中原的
来自北方的
流浪中的狼

桑科草原

庄福永 出生于1960年。大专毕业,1982年起在《连云港文学》《连云港报》等发表小说、散文。从事房地产管理工作。

山岚遮蔽天空
以爱的名义
草们握紧拳头
在牙齿前宣誓

篝火中的格桑花
唱着忧郁的香巴拉
锅庄舞回旋
我被奔马点燃

鸟儿飞在别处
白云圈内放牧
灵魂搂着草栅
嗅着海洋的气息

我要在阳光深处停歇下来（组诗）

何锡联 出生于1961年。先后在《诗刊》《诗选刊》《扬子江诗刊》《延河》等多种报纸杂志发表诗歌、小说、散文、评论七百余首（篇），著有诗集四部。现为中国诗歌学会、江苏省作家协会会员，连云港市诗歌学会会长。

边　缘

沿着大山往高处走
身后静寂，前方很远
送走的人不会回来
而玫瑰和艾草的香气依然沁人

微风扑面，远山屹立
白云与木槿花交相辉映
在汲取了外来的能量之后
我已与身边的星球绑定在一起

真想知道，太阳诞生之前

祖先们认识的分歧和巧妙的平衡
在观念与人情抵近悬崖的边缘
我依然倾心自己的信仰

对一些锦上之花不要过于纠缠

晚上，风向好的时候可以在外边走一走
如果心情更好
就在桥上停下来
手扶栏杆
让裹挟着凉意的风多吹一会
但，这时候的回忆多半是没有意义的
当你若有所思
或触景生情，或有所挂念
那就看一看河边多彩的灯带，以及
被隐藏的射灯照亮的树林
不过，在被设计的场景中
对一些锦上之花不要过于纠缠

我要在阳光深处停歇下来

在我低声倾诉的日子里
我要向曾与我
站在一起的植物致敬
是它们的叶子和花朵
让我轻易地转过身来，并且
活得很有精神
还有它们被大风吹动的影子
让我在黑暗中明白了

该怎样对待
那些在困境中的陌生人

我要在阳光深处停歇下来
像礁岩，坚定着自己

当心底的光芒触及雪花与闪电

很少去楼下的小河边走一走了
好像身体早已不属于自己
每天向东，向西
不知哪儿是该去的地点

小河水流清澈
只是比以前清瘦了许多

岸边的凉风吹拂着我的头发
也吹拂我清静的心
我熟悉的巴根草七角菜和喇叭花
都是我小时候的朋友

当心底的光芒触及雪花与闪电
那些灵魂之外的精彩
会主动地与人类打个招呼

被太阳照过的地方都有花草和痛感

我在进入长江隧道的深处时没人察觉
那时，我的身体好像离时光很远

我无须思考中年往后的可感之物

我只相信：被太阳照过的地方
都有花草和痛感

当我在秋天的银杏林里行走
并没有感到现在的我
到底与过去的自己有什么不同

我不会对世间的过程产生纠结

起床之前，我会在黑暗中想一想
如果编好了程序
就把自己设定为运转的机器
晚上躺下，有时睡不着
竟然想到白天打翻的那杯红茶

在折腾了一天之后
我会将疲惫隐藏到自己的肉体
不再苛责深陷其中的人和事

当我从一个早晨走向另一个早晨
我不会因为旁观者的更迭
而对世间的过程
产生难以参悟的纠结

《诗选刊》2018年11—12月上半月刊

神山行旅(节选)

刘　毅　江苏省作家协会会员、连云港市散文学会副会长、连云港市诗歌学会副会长、连云港市工美协会副会长兼秘书长。曾任《苍梧晚报》编委、总编办主任、《大陆桥导报》总编。作品有《深度报道》(新闻作品集)、《济川之魂》(长篇报告文学集)、《神山行旅》(诗歌集)。

铜雕三打白骨精

《西游记》最精彩的情节
硬汉与美女的交锋
一波三折高潮迭起
故事曲折又引人
白骨精一变二变三变
孙悟空败走麦城
唐三藏悲天悯人
终于行了霉运
读者悟出一个道理
千万不能做东郭先生

再好的做人准则
敌不过火眼金睛
再漂亮的美女
或许只是个吃人的妖精
白骨洞里白骨森森
让师徒三人幡然醒悟
表象常蒙住人们的双眼
金箍棒下除恶务尽
才是一片人间真情

八戒石

大耳遮风避雨
猪嘴拱进草丛
细眯惺忪双眼
浑然一场长梦
也许是西游之路太过艰辛
一睡就是千年不醒

都说八戒又馋又懒
我谓八戒人间英雄
一柄八齿耙斗妖伏怪
保唐僧西天取经
忠心耿耿
儿女情长敢爱敢恨
哪像孙猴子不解风情

山上的二师兄仍在酣睡

山下的高老庄乱草深深
有一位女孩寂寞千年
恳请哪位客官
将梦中人唤醒
一颗不冷之心
正等待一场轰轰烈烈的爱情

怪石园

唐三藏矜持
白骨精妖艳
哮天犬凶猛
如来佛庄严
鬼斧天工神雕作
一片乱石名著掩

仙迹处处有
且行且细看
一不小心
踩了下山虎的尾巴
藤蔓中牵出
怀抱玉兔的婵娟
如来手掌上撒一泡尿
美猴王神气又活现

不敢高声语
四处都是各路神仙
只需细细揣摩
莫说真假难辨

一部《西游记》
未能出此山

水帘洞

飞流直下
水雾迷离
洞穴深深
风吹湿衣
满山蟠桃累累
美猴王在哪里

旗幡猎猎空飘飞
落叶遮盖了大王椅
游人如潮
喧闹似集
唯独不见
花果山主人的踪迹
仅有洞中一方泉眼
直通东海龙宫
尚留一丝
齐天大圣的气息

水帘洞前满眼都是
美猴王的子孙
谁还能有
勇闯水帘的豪气

海宁禅寺

山中明月夜
禅房花木深
峰下藏古寺
青烟一缕升

流云遮不住飞檐斗拱
绿树掩不了雕梁画栋
山风传送着佛号梵音
石阶上飘拂着
袈裟的匆匆身影
钟几声
鼓几声
声声震人心

秋风紧
寒意浓
两棵千年古银杏
落叶纷纷
禅房功课催得紧
石阶上
一把扫帚冷

龙 床

这么大的一块石头
好大的一张床

方方正正

光洁平整

四周涧水淙淙流淌

龙王睡在上面

一定舒服无比

一夜睡到天亮

都说海是龙世界

渔湾曾经海水茫茫

或许龙宫太寂寞

山上有鸟语花香

龙潭美美洗一澡

龙洞几多阴凉

龙泉水又香

多想夜半来渔湾

在龙床上睡一夜

走进龙的梦乡

花果山猴

孙大圣的后代

美猴王的子孙

只只上蹿下跳

个个古怪精灵

敢占山为王无法无天

有孙悟空的遗传基因

水帘洞外挤眉弄眼

南天门中自由出行
唐僧崖上吃喝拉撒
如来像前旁若无人
没有齐天大圣的管束
都称花果山的主人

看似成帮结队
其实散兵游勇
唿哨一声来去无踪
群猴无首
才是个中原因
齐天大圣哪天归来
保证个个都是
上天入地的英雄

时间的泪（外一首）

杨光华　出生于1962年。江苏省作家协会会员，连云港市影视艺术家协会副主席，州区作家协会主席。诗歌、散文作品在《扬子江诗刊》《扬子晚报》等刊物发表。剧本《第二个妈妈》荣获"第三届亚洲微电影艺术节"剧本奖。

把酒临风　李白能把
地球以外的潺潺水声
抖落成飞流三千尺的
绝唱　一杯酒的高度
就这样　直上云天
一滴水的目光　就这样
让我们举杯邀月

时间之外地球之外
我们只知道
白色的冰比严冬的
内心更坚硬

一千年一万年

在月亮河摆渡的人啊
哪一种假设不是
逆水而来
哪一种想象　不是
花开花落
那些点点滴滴的桨声啊
一如既往　打捞
时光以外的声音
那是黄河之水天上来
那是奔流到海不复还

人类啊　用这永恒的
瞭望　寻找自己的兄弟
用自己语言的喙
在地球飞旋的绿色羽毛上
歌唱　温暖的石头
于是　微微发热的羊水
便融化一扇
白色的门　那一刻
我们看见　有一滴热泪
从时间之外
夺眶而出

语言的水

一切　还原成水
语言的澄明
是蔚蓝色的镜子
风景颠倒

季节里充满了水
一片一片
贴在干涸的嘴上
家乡的路
清澈见底

时间依然是水
桃花静止在唇上
一声叹息
语言里长满青苔
黑色的手抹去
镜子里笑容
一只鸟带着爱情远去
迁徙的鱼群
浮在水面
树林打起寒战
掬一捧语言的水
含在嘴里
竟痛彻了肺俯

刊于《扬子江诗刊》2011年第2期

抚摸诗歌的痛点（组诗）

望　川　原名钱振昌。1963年出生于江苏启东，1985年毕业于苏州大学中文系汉语言文学专业。江苏省作家协会会员，连云港市诗歌学会副会长兼秘书长。出版有诗集《微笑的湘妃竹》，并有诗歌、散文、文学评论300余篇（首）散见多种报刊。

在中国诗歌的经络上
谁是最后的痛点

——题记

一

因此我感受到
我在　在混沌的别处
此处　你不时跳荡
锥每一道静脉与动脉
你不时提醒
我在　在别处

我随着你扩张
像从某一点
在青荇深处
突然荡漾开去的波浪
一浪一浪放逐
那充满得虚无的海啊

而你分明鼓点般跳荡
以双声叠韵
每一点都结实地降落
在日渐松弛的神经
像初恋的爱人
每一声离去时的脚步
都踩痛记忆
深渊　面对深渊

二

于是一棵橘树伫立视野
于是一只淡忘已久的橘子
从历史的风尘中跳出

那干瘪的皮层
如何一点点剥开呢
如何让她像含苞的花朵展开
如何找到新鲜的水分
让曾经流失的语言
在岁月中归来

要有多么强健的神经
才能剥开尘封的思想
抵御那突然的疼痛
让诗意的橘瓣绽放如莲

　　　三

花开得多么好
那么多的花啊
树叶如此葱茏
面对到处漂泊的春天
到处游荡的意象
浮薄的抒情
我该如何安放一个另类的幽灵
一个远比诗情画意沉重的词
安放它　在哪一块
失去疆域的空间

在互相复制的时空中
我们总是向着什么飞奔
我们像相信真理一样
相信虚构的童话
我们飞奔
而历史的独木桥上
谎言泡沫之上
诗歌行走得多么辛苦

　　　四

我在追随你的深入
追随你持久的跳荡

你似乎就在我的神经末梢
似乎在我臂膀上的某一穴位
却有着无限的里程
如从这边的地壳
深入地球的另一面
穿过多么迢遥的黑暗

此岸到彼岸
黑水覆盖想象的隧道
当不同的肤色隔岸相望
何处有灵感的日出
何处有遥远的会心一笑

五

在你恒久的跳荡中
我　一度度降生
我　一个个死亡
当你恒久地跳荡
未曾相逢的兄弟
列队消失
若缥缈的挽歌
若迷幻的晚霞

你敲击命运之鼓
一起一落间
我累计人生的长度
累计生命的重量
省略了
曾经蹉跎的光阴

也淡然于
即将降临的一切

兄弟　有一支
看不见的笔
代替你
在纸上记下了
欲言又止的呼声

六

鼓点如此结实
较之于松弛的时光

时光善于遗忘
我们记住的是现在
痛则比生命长久
当然比死亡短暂
比生生不息的希望更短暂

因而　锥一般
我立在一块渺小的土地上
当你在身体的某一处
突然跳荡
若咏叹调起伏　若掌纹向八方伸展
你成为我感觉与知觉的全部
我是你千年之叹的一个尾音
如同某年某月某一日的某一条水流
一个巨大的灵魂击水而歌
我是一滴水

飞溅泽畔

七

在尖锐的叶尖上

在弥漫的花香中

风跳起尚未失传的舞蹈

以一条有韵的水流伴奏

在近的风景

在远的背影中

在一条绵延千年的河流

白在坚守着珍珠的抽象

坚守日积月累的痛

删除习惯于暧昧的杂色

世界简化为黑与白的对峙

由此　当黑夜再次降临

当你激越跳荡

当列队远去的背影

在橘树的消息中会合

一支支看不见的笔

把血写进了自己

刊于《连云港文学》总第255期A版

一个人的大海

这个时候　冬天

微雨　在空洞的沙滩上

人就是一块会走动的石头

再放低一点
就是贝壳群中的一枚
被疯狂的夏季踩碎
甚至是一个早已抹去的脚印
一声叹息
轻得只有自己能听见　甚至
一圈被大海吐出又吞入的泡沫

进入你的方式很多
大海　譬如这时候
我就是疲惫的泡沫
从千里之外漂泊而来
这时候　我就是你吞吞吐吐的往事

或者　我是一个农夫
一个习惯于跟着太阳出没于耕地的农夫
大海　我把野草般的思想
堆积于田埂
静候一声紧似一声的雷震
当滚雷在头顶炸响
大海　我就是郁积的渴望
从你无底的胸腔喷薄

正如这时候　大海
你以永不厌倦的拍击
摇撼沉睡已久的大陆
陆地从冻结中苏醒的过程
就是我沿着你深邃的脑沟飞奔的行程

不需要借助鸥鸟的翅膀
大海　我以独特的分量
最重的一滴水
或者最轻的一颗石头
进入你
从你的来路回溯
领略你亘古不变的心旅
这时候
我就成为你
这时候　冬天
风雨潇潇中
即使一声轻轻的叹息
也能激起绵绵不绝的惊涛

刊于《扬子江诗刊》2013年增刊

季节近了，而你很远（外一首）

王召江 出生于1963年，江苏省作家协会会员，连云港市赣榆区作家协会副主席、散文创作协会主任。1986年开始发表文学作品，先后在《人民日报》《雨花》《新华日报》《扬子晚报》《中华合作时报》《扬子江诗刊》等报纸杂志发表文学作品200余篇、近30万字。

二月未到，杏花未开
正是晚来欲雪的日子
取出白乐天的那只红泥火炉
想象与你对饮的场景
一阕旧词被我翻成新曲

是的，季节近了
而你很远
怅望东篱酒疏，也许
在陌上桑的汉乐中
我曾携一曲小令
落寞中走过你古典的乡间

今夜，谁会带着我的心事

轻叩你的柴扉

诉说院中的那株新梅

正欲探问你的消息

那又怎么样呢，毕竟季节近了

而你很远

刊于《苍梧晚报·海州湾副刊》2010年1月26日

无 题

醉里逃禅，植一株清凉

在我的阡陌

啸声起处

簌簌竹影扶风而动

是谁，在月光下

翩翩起舞，等着

为一个痛哭而返的人

煮酒当炉

今夜，听你柔情似水

一种久别的离愁

犹如声声骊歌

又一次漫过春雨楼头

我是个墙外行人

不是你的梁园宾客

且让我横笛一曲

为你，暂赋新阕

刊于《连云港日报·花果山副刊》2009年4月21日

曾　经（组诗）

蔡　勇　笔名独木舟，1964年生。中国诗歌学会会员、江苏作家协会会员，市作家协会理事，市诗歌学会副会长，国家二级作家。作品散见于《诗刊》《雨花》《扬子江诗刊》《延河》《山东文学》《诗林》《青春》《四川诗歌》等。著有诗集《蔷薇，谁的乳名》。2015年获首届"连云港市诗歌奖"。

恐龙拐过那个山口
秋叶落下
覆盖着森林的行踪
今天　我在复制你庞大的回声

因为曾经
山顶是珊瑚、凤尾鱼和海藻的城市
因为曾经
海洋是高原的庶子鸟岛的乳母
一半的海水一半的岩石
是我的曾经

秋季出生的我

热爱月亮热爱云与水的果实

热爱闪电、鸟以及贝壳

植满的春天的沙滩

刊于《诗刊》2003年12月下半月刊

雨　夜

雨季的夜晚，被酒一杯一杯地垒起

却又像啤酒的泡沫转瞬即逝

雨季，乌云整日里推杯换盏

庄稼们早已不胜酒力

蔷薇，今晚我只能再干一杯

我们应该像镰刀规规矩矩地待在门后

回避庄稼们沮丧的眼神

偌大的夜偌大的酒杯

饮不完连绵的雨水

此刻　我们就是躲在雨夜角落里的两滴酒

一滴茫然

一滴闪烁其词

似乎在等待雷鸣的那一声断喝

刊于《扬子江诗刊》2008年12月

乌　镇

一滴墨汁终于耐不住寂寞

从大师沉思的笔端滴落

洁白的宣纸在瞬间氤氲一片

江南的小镇就是这般书卷气

这般水墨意味

且不说那杨柳藤萝修竹

石桥牌坊廊道

且不说那长长的青石板

悠悠的乌篷船

还有那足以浮起一个人

一生的梦的烟雨

乌镇，你且不说

谁都懂得

流水千年

乌镇的戏台是一样的唱腔

岸上是一样的青衫

阁楼是一样的绣娘

酒铺还是一样的女儿红

刊于《青春》2011年第3期

河 床

龟裂的河床是谁肆意挥霍

如今欲哭无泪的疆土

河水流放

浮萍渔火纷纷逃亡

手捧稻种的村庄

望眼欲穿

河床。蓍草枯萎
龟背拱起　那位
敏锐最初的占卜者　那位
与蔷薇一同出生的占卜者
早已在河床纵横交错的纹路中
走失

剑　锋

最后一片落叶也嵌入了肌肤
如同马群的转场或迁徙
我的脉管，瞬间卷起偏执的呼啸

洁白，披着凛然的大氅
从青藏高原西伯利亚
从大兴安岭
东征南伐，分兵合击
十一月的剑锋铮铮作响

稻谷们应声倒地。一夜光景
蔷薇河两岸的家园
豁然撩开坦荡荡的胸襟

此地甚好
宜酒宜篝火
宜呓语以及沉沦
与盛夏作一个了断

刊于《诗林》2013年第3期

旷野中

一座礼堂，确切地说更像

郊外的旷野　你们做着自己喜欢的事

相互致意互不干扰

我在目所能及的地方

贴满你们的诗句

每日，我穿行其间

吟诵、咀嚼着

确切地说你们已站成了雕像

时不时发出大理石或青铜的光芒

旷野上，我的四周

青春的身影不停地涌来

每日，光芒下

我们穿行其间　吟诵、咀嚼着

气血丰盈

你们做着自己喜欢的事

若无其事

《山东文学》2015年第3期下半月

《中国新诗2014—2015年度诗歌排行榜卷》（中国诗歌学会）

泡　沫

沸腾，耗费了火焰的一生

词语的荒坡已捡不到多余的柴火

火苗强吞下七星柴灶的烙印

落日绚烂。啤酒屋的牙签
兀自撩拨陋室的烛火
思想者的阴影四溅

遗　忘

河对岸
结满无花果和风干的预言

十月的风，吹动落叶
吹废墟之下的废墟
尖啸或狂欢

跌坐于波光粼粼的前世
预言只选择遗忘

一条特立独行的鱼在封冻之前
不知所踪

《雨花》2017年第10期A
《中国年度诗选2017》，天津人民出版社

抒情的乡土（组诗）

李　明　出生于1964年，江苏东海人。中国作家协会会员，连云港市首届文学奖获得者。出版个人专集8部，与文友们创办的"荠菜花文学社"被收入为全国文学社团名录，现在报社供职。

庄稼人

用几块泥土堆起来
就是庄稼人的名字
把大碗烈性酒灌下去
就是庄稼汉子的性格

庄稼地里　麦垛垛下　稻谷丛中
同样生长爱情
庄稼地里的女人是星星和月亮做的
羞涩又温柔
庄稼地里的汉子是太阳和泥土做的
粗暴又宽宏

星星和月亮总是喜欢在太阳照耀下
于泥土中开花结果
没有月亮的男人
疲倦而忧郁
没有太阳的女人
苍白又贫血

麦前秋后是庄稼人失业的季节
女人坐在炕前
把寂寞用麻绳搓成长长的思念
纳进对男人千言万语的嘱托
汉子挤进都市的市场
一支烟品尝着秋后的收获
星星　月亮　太阳　泥土
就是一部关于庄稼人的小说

父　亲

朴素得像一抔土
倔强得像头牛
看见您就看见了土地的色彩
看见了成片的庄稼

背脊面对不朽的苍穹
信念深深扎根于土层
您播种岁月
却熬不尽岁月
我是您风雨中一粒饱满的种子

对我的收获是你一生的寄托
您改变了土地
命运却无法改变
理解土地
首先得理解您呵
父亲
走出火红的高粱地
偶听一支苍凉的曲子
我仿佛见你固执地压抑自己
看见月牙形的镰刀
我便想起您驼背的姿势
想象不出这是枯涩还是虔诚
呵，你这如土的一生

稻谷丛中的妻子

金秋
你握着把镰刀下湖了
走进稻谷丛中
你便一下子辉煌起来
看到稻谷纷纷倒卧的姿势
我听到庄稼阵阵分娩的疼痛

站在稻田埂上
对着长空那轮忽明忽暗的圆月
我却莫名其妙地流泪
黏黑色的土地啊
生长悲患
生长喜乐

生长痴情

叫我这个离开乡土的城里人

总不敢掉以轻心

长年累月的稻子

苦苦地在田野里等了我一秋

一年一次起死回生

稻子离开土地

如我和妻子分开

对着秋后的田野

我的心事如收割后的庄稼

久久不能自拔

乡　土

第一次离开脚下的乡土

我哭了

一团乌黑的泥巴

附之于足下

久久不肯离去

没有乡土的日子里

心事是一半残缺的月亮

多少回梦中神牵魂萦

很重的乡音从远方飘来

折叠成母亲的回音

一群欲熟未熟的庄稼

深深伫立于土中

如父亲

风中雨中

与故土生死相依

乡　魂

庄稼很深

季节也很深

一双草鞋总也走不出

乡音很重的田野

雾浓浓的

打湿昨天的泪痕

一个梦

幽幽地在天空漂泊

牵引着一个游子的乡魂

选自《诗画周刊》2017年1月31日

分别被刊选入《新华日报》《文学报》《诗选刊》《诗刊》

《扬子江诗刊》《雨花》《中国诗库》《江苏文学五十年》等

多种版本，获得2001年连云港市首届文学奖

你没有看见我被灰尘遮掩的部分（组诗）

张绪康 60后诗人，籍贯江苏连云港，现定居上海。中国诗歌学会会员，《中华文学》签约作家，《大河》诗歌签约诗人，作品见于《中华文学》《大河》《中国流派诗刊》《上海诗人》《山东诗歌》《长江诗刊》等多家纸刊及网络平台。著有诗集《半生山水》，合集《中国诗人印象》《如日中天》等。

在春天，我喜欢把所有的花朵
捆成一大堆的火焰
就像小时候，行走在山间的小路上
自制的烟火
成为夜晚一道亮丽的风景

我喜欢春天的雨，喜欢在雨中漫步
更喜欢行走在山坡上的云朵
就像我心中的爱
总是来不及，就已经深陷
恨不得把你的名字狠狠地咬一口
让春天染上红色

你没有看见我被灰尘遮掩的部分

那些无人知晓的部分

是我,也是尘世的另一面

不想翻开,每一页都是酸甜苦辣

我只想对每一个人说

我爱你们

请接受我躬身一礼

但是,我依旧无法原谅自己

看不见的假象你还是不要知道的好

我尽力把你放在心底

我也不知道,需要多少人间的灰尘

才能掩盖,像大海一样

澎湃的泪水,还有

我血肉模糊依旧发出光芒的情感

刊于《中华文学》2018年第9期

父亲的老房子

房子不古有些老很沧桑

老木门的吱嘎吱呀声有些凄凉

正堂放着一张方桌

上面放着父亲的遗像

每次回来

我都要在他的面前

立上半天

在这老房子里

我不敢大声喘息,怕惊动父亲

还因轻轻一碰,或者

用力关门，就会
掉下一些墙皮一层灰尘
往事就会撒落一地，好像
父亲没有走就藏在这张照片里
如同这老房子一样
始终没有离开

刊于《流派》诗刊 2018 年第 6 期

河边洗衣的老人

河水湍急
在河流的拐弯处
有一位老人
正捶打着一条河流缠着的一座村庄

屋前屋后蔓藤缠绕
水中溅起的浪花，染白了她的头发

无论一年四季
只要路过
都能看见在河边洗衣的老人

这一次，只有风
以及那块洗衣的石头，还立在河边
默默地撩拨着河水

刊于《中国诗影响》2019 年第 13 期

离别辞

水池里，还有两件衣服，你若去了
请放在晾衣架上

我会经常来
有时来看你，有时来看墙上你的照片

你说过的，什么也不用带来
就带你送我的那把花折伞，江南雨多

刊于《中国诗影响》2019年第13期

朽 木

从远古至今，从外表到内心
从未向炙热残酷的戈壁沙漠低头
偶尔陌生的精灵走过
你燃烧起岁月的火焰
崇高、理性和沉稳

远处凄凉的狼嚎划破了沙漠的寂静
你把藏在内心的舍利化作一盏灯
等待迷失在荒漠的人
——看见你

刊于2018年《长衫诗人》诗刊第1期

写给南沙的情诗（组诗）

王成章 1963年生于江苏省赣榆县，连云港市作家协会副主席、市历史文化研究会副会长。做过教师，现为《连云港日报》编辑、记者。诗歌、小说、散文、文学评论和报告文学作品散见于《诗刊》《中国作家》《雨花》《当代作家评论》等，入选过多部文集并多次获奖。著有长篇报告文学《抗日山——一个民族的魂魄》、历史抒情长诗《徐福》。

南方星空下
夜深了，星光如流水
南方星空下，那些岛屿上的光
一群南洋杉，沐浴着星光
曼妙的细腰
和着波浪的节拍，起舞在沉睡的南方
礁岩上牡蛎的小小乳头鼓胀
鹈鹕收起嘴巴像是收起秋夜的雨水
一条幼鲸颤抖着冲破母腹
蓟草和海藻下，海鳗好像闪电
穿过海底的琴声
撩拨着一群珊瑚粉红色的心

而信天翁的子女，只管在悬崖上垒窝
全不顾窥伺的鳄鱼，那罪恶的目光
还有大蛇和海狼的阴谋

现在是秋天，十月的秋天
在北方，一位父亲席地而坐
一位母亲，披头散发
她的哭泣像细雨
一只红鸟的啼鸣
怎能盖过夜航船的忧伤
一群孩子在睡眠，他们的梦幻很轻盈

南沙，原谅我，一个东海岸的男人
一直以来我不知怎么向你表达爱
不知怎么向你唱歌
不知拂拭你映着星光的脸庞
只知道谛听你波浪的细语
只知道和你轻声说话

今夜，我只能写出最悲凉的诗句
今夜，我的诗只能是一匹马
只能是花朵和火焰
在你的大洋里奔跑
我要说，我爱你的盐
爱你满月下呼吸的海水，箭一样的飞鱼
爱你信风里安详的渔船
爱你绿色的矿脉，流浪的心
爱你海上的月亮，雷电的光辉

来吧南沙,我的爱

祖母庭院中的一泓清泉

请用你的水波洗涤我

请把你的嘴唇凑近我

让我以祖国的名义

一个一个亲吻你

一夜又一夜

让我以祖国的名义

赠给你心形的项链

和新婚的花冠

为我们生生世世的爱情加冕

祖国,别让你的爱流浪

"每条来自家的路

都是回家的路"

这句话,我想对南沙说

西月岛,月亮的镰刀

满月光芒中的一串葡萄

今夜我想睡在九颗星星的天空下

睡在鳄鱼的唇边

在它没有吞食你之前

请它先把我吞食

请把一个诗人之死流进你的体内

是谁独自站在月光中,南子岛

是你,秋天的体液丰美的海参

我想听见雷霆在水面上说话

我们是两颗对视的星星
我们不是萍水相逢
在十月，我要拿出经年的酒
换回你流浪的爱

弹丸礁，大洋里一只蓝色的眼睛
祖母手臂上的一串玛瑙
我是你忠实的一只鸬鹚
一只动情的秋沙鸭
一株发疯的羊角树

早出晚归的白鲣鸟
我愿乘着你的巨大长翼
向着沉睡的中业岛飞行
不用导航
你就是我的罗盘
我想问火烈鸟为何迈起忧伤的脚步
海贝嘴唇为何紧闭像是一座城堡
椰子树为何以一种尖锐锋利的痛苦
刺穿我的胸膛
而海刀豆为何刀枪入库

是谁把一只幼鸽的冰冷的胚胎
嵌在濒死的费信岛的胸膛
我的眼睛在水上，洞察秋毫
是谁把鸟粪偷走
种植了谁的家园
是谁砍断了红珊瑚的臂膀
把妊娠的玛瑙拖出母体

把婚礼变成墓地
费信岛，你是我的姊妹
柔软如水，也要坚硬如水

两只天鹅升上天空
寄居蟹无处筑窝
军舰和航母像黑鸟游弋
死亡弹奏它的赋格曲
马欢岛，我是你的渔夫和矿工
我想抚摸你油井旁失血的苍白身体
抚摸你失去金属的骨骼
我想跪下，为你遍体鳞伤的身子
为你被切开的子宫
为你忧伤的棕榈树
我的痛苦如此黑暗而缄默
马欢岛你睡在我痛苦的底部

仁爱礁，海上的花
南海里美轮美奂的女妖
你的睡姿是柔美妻子的睡姿
我爱你的云母，岩石里的火焰
爱你的鹦鹉螺，这海底的时钟
爱你的金枪鱼和斑头雁
爱你的玳瑁，这沉默的一族
爱你的浪花，像无边的蓝色植物
我想把你变成庭院里的一泓清泉
我想听到你在大洋的咆哮
和我血液的喃喃声

皇路礁，海葵和海星的故乡
我想向你倾倒身子
就像我的爱，静静地深入
我想向你提醒灯塔背后的阴谋
提醒你海洋之枭如何让群鸟流亡
我想悼念一群海马像悼念昨天牺牲的一群人

南沙，泊碇在我心中的最美项链
是谁捆起了你的手臂
是谁被魔笛吹奏出的符咒迷住
是谁在鳄鱼的死亡之唇前退缩
所有的凌辱通过树叶传到树心
祖母用几万年的爱孕育了你，分娩了你
南沙，请把你的脸朝向祖母
像一个泪流满面的孩子
我是你东汉的杨孚、三国的万震
我是你东吴的康泰，元代的海军
我是你明代的海南卫，大清的舆图
我是你的海权碑，你的亘古史册
我想重新写下"千里长沙，万里石塘"的字句
就让金盾暗沙举起它的金盾
让欢乐暗沙溢满欢乐的泪水
男人的热血，是不可被掠夺的疆土

南沙，把流浪的爱情牵回来吧
一如我最隐秘的情感
你是一只钓钩，钓住我的整个思想
请把海浪刻成龙的鬃毛吧
让我在你身旁放牧渔歌和民谣

谁说大海无路，你的上面是群星
群星有路，群星的轨道
是飞鱼的轨道

南沙，如果你累了
请靠在我的肩上歇息片刻
请把你的翅膀暂时埋在我的怀里
我的皮肤下面是你的群岛
星辰是你的旗帜
回家是你的大船
这是雷电的秋季
风暴的秋季
南沙，醒来吧
让祖国收拾起你流浪的爱情
"每条来自家的路
都是回家的路"

关于长征的若干片段（组诗）

王军先 省作家协会签约作家，市作家协会秘书长，《当代作家作品精选》主编。在《诗刊》《钟山》《雨花》《扬子江诗刊》《延河》等刊物发表作品。组诗《丰碑》《关于长征的若干片段》《苏北，苏北》分别在《扬子江诗刊》及《扬子晚报》举办的诗歌大赛中获奖。

瑞　金

在这组关于长征的诗歌中
我不能不提到瑞金
共和国，当你呱呱坠地的时候
这里是你的襁褓
然后蹒跚学步，然后健步如飞
有一些词汇，与这里密切相关
红色故都、共和国摇篮、苏区党中央驻地
中华苏维埃共和国临时中央政府诞生地
二万五千里长征的出发地
1934 年 10 月 10 日

一群人，带领更多的人
从这里出发
这是一群淬过火的人
从此，在共和国的档案里
镰刀和斧头的造型
总是在红色的旗帜上高高飘扬

提到瑞金，不能不提到沙洲坝
在小学课本上，我就感受到了来自
"红井"的光芒，穿过历史的尘埃
沙洲坝的泉水，滋养了一代又一代人
至今，大地上那些奔腾的江河
都保留着这口"红井"的胎记

江西瑞金，许多历史都可以放下
唯有这些红色的记忆
却历久弥新，犹如惊蛰的春雷
滚过大地的时候，那些人
那些土地，都苏醒过来

吃水不忘挖井人
从源头出发，砥砺前行
再大的风雨都是细浪
再高的山峰都是泥丸
那一杆杆红旗的红
都是源自瑞金的"红"啊

遵 义

是谁的手力挽狂澜?
是谁的手托起了奄奄一息的生命?
又是谁的手改写了中国革命的历史?
在贵州遵义,我看见一个身影如山峰屹立
我听见那么多的掌声如雷鸣
从历史的深处传来,经久不息
毛泽东,左手抬起又放下,左手扬起的方向
成为那么多人前进的方向
而右手的食指和中指,正捏着一根劣质纸烟
烟雾久久不散
那么多的人
那么多握在一起的手掌
这座小小的城市
哪里盛得下这一群人的身影?
遵义,注定你是一段传奇的开始
注定你是一个伟大转折的开始
星星之火可以燎原,在遵义
一粒点燃的火种,一直燃遍了中国

隔着经年的时光,我看见一个人
腾泥踏浪声如洪钟气定神闲
带领党一步步走向成熟
带领共和国一天天走向富强
这一切都源自1935年
1月15日至17日召开的那一次会议
这一切都来自那个叫作"遵义"的红色圣地

四月,在苏北濒临黄海的一座小城
一个名叫王军先的中年诗人
遥望千里之外的遵义老城子尹路96号
心潮翻滚,夜不能寐
向着那些高大的身影,跪下
然后、顶礼、膜拜

在路上

打马过高原
这黄土之上
竟然没有一匹马
可以带走我旷远的思绪
不去想天高云淡
也不要奢求有一堵避风的墙
会突然出现,草根、树皮
野菜、皮带、飞机、大炮、围追、堵截
每一公里都危机四伏

我的好兄弟,沼泽连着沼泽
雪山连着雪山,那些风刀霜剑
切割着面庞,你是如何走出
这荒无人烟的绝境?

苦不苦,想想长征两万五
累不累,想想红军受过的罪
如今,硝烟将尽,大地金黄
钙质撑起生命,从此

我们的骨骼不再疏松
这个民族的骨骼不再疏松

打马过高原
那塬上的风景已一日千里

吴起镇

在陕北
一捧黄土的重量重过千钧
天还是蓝个莹莹的蓝啊
可哪里去寻找唱兰花花的五妹?
那一茬茬的后生,那一茬茬的庄稼
让谁的心跳骤然加快?

吴起镇,一个小镇
在 1935 年 10 月 19 日之前
你平淡无奇,没有人知道你的名字
也没有人会在意你
用信天游编织的历史
风展红旗,羊肚子手巾白得耀眼
这里的天更蓝了
一张张菜色的脸,生动无比
那个唱兰花花的少女分外美丽

那么多尘封的故事
在吴起镇的街巷俯拾即是
那些久违的面孔,在历史的深处向我们张望
跟随着那面鲜艳的红旗

我们怀揣着梦想
从这片黄土地上出发

会　宁

红旗漫卷，在会宁
在甘肃中部的一座县城
我看见那么多刨过草根的大手握在一起
我看见八万杆红旗在十月的风中猎猎舞动
这无所不在的红色，如鲜花盛开
在十月，寒气开始袭人
可是那么多兄弟的胸中正燃着一团团火焰
这遍布大街小巷的红旗
是火的颜色啊，已经红透了天

这是1936年10月8日清晨
会宁已经醒来，中国已经醒来
伟大的逆转从会宁开始
会宁，你注定与遮天蔽日的红色有关
注定与那场波澜壮阔的会师有关
会宁，最适宜会师
红旗交相辉映，人们奔走相告
每一扇打开的门扉
都见证了那些漫卷于风中的红旗

会宁，平和宁静的会宁
街巷很短，那漫天舞动的红旗
殷红了谁的梦境？
那一团团红色的火焰

庇佑我的祖国炉火正红、蒸蒸日上

刊于《扬子江诗刊》2016年增刊,获得"红旗漫卷——纪念中国工农红军长征胜利80周年"优秀奖

多风季节（外一首）

刘　枫　连云港市人，生于20世纪60年代，江苏省作家协会会员，江苏省批评家协会会员，市作家协会理事，市诗歌学会副会长，市民间文艺家协会副秘书长，有专著《门当户对》《中国情感·家书品读》等行世，并在国家、省市级报刊发表诗歌、评论、散文、现代艺术批评若干。

受孕的鸟卵寄养在天空
二月，你的手臂在风中
可曾有心情被镌刻
石鼓在风中隆隆滚动

三月的花籽头戴大山
雨水用哭泣掩埋庙堂
风中歌声的纸屑
季节的火药接管了大地

四月的火光如水
塞壬用美酒置换了海洋
船是我最初的石器

让心情横渡到树顶

在你目光的天顶
我将安睡在浓荫
远方潮水叩问忘川
头下枕着过期的疫情

信天翁、百里香和迷迭香
盐在供养眼泪和海洋
春天里花一样的阵痛
那就是我的爱人

赤潮时期

漫山遍野的谷物
结痂的大海
石头般洁白的阳光下
你破碎的帆伸出大地的伤口

像你的脚一样
船头拱起在我的窗前
你蓝天般光滑
风一样柔软的肌肤

照耀在古城所有的屋顶
照耀所有野鸽子的土地
吐着金黄的,吐着火信子的
被醉意引燃的谷物

沉睡在我的肩头
今天要从容地通过湿地
越过重洋，越过云海
绷紧大地的纤绳

直到原野倾覆进泥土
萌芽和籽种化为狼烟
你的双手举起十支蜡烛
兀立在汹涌的赤潮里

选自诗集《多风季节》，人民日报出版社，
2004年12月第1版

萨 福

一

千年以后
风是绿的
唇是白的

千年以后
黄昏是一杯水
羊群在里面还家

蜜一样的声音
透过岁月
停泊在梦的岸边

月桂树下

脚踝柔嫩
心中有蜜蜂的战争

火焰里藏匿的
一脉清泉
悄悄化为酒浆

二

我有紫色的衣褶
经过膝盖的缓坡
在幽深的谷地
黑鸽子在为你传信
风信子在你的脚边
请拨响大理石中的竖琴
攀缘蔷薇为月亮生长
没有头饰的人
在苜蓿和细叶芹中采撷
蜜浸透了芦纸
在轰鸣的钢铁中再生
只是胸口的浪花间
筑起了爱情的祭坛

三

海酿造你的呼吸
如同造神

陶罐拼结你
拼结出从肩头滑落的黄昏

心中盛满酒和蜜的人
没有同谋

越过冥河露水打湿的河岸
中世纪的劫后莲花

是谁醒着，舞步踢踏？
是谁醉着，彻夜未眠？

四

勒斯波思的葡萄酒
涌起海岸的泡沫
橡树花样的泡沫
生长芳香的箭镞

你逃避在自己的影子中
你拒绝进密室的镜子中
你贫穷到拥有一切
你被陌生的火焰撞碎

你的诗句因木乃伊而复活
在悬崖和大海之间飞行
那是黄昏星投入
太阳的花园

渔夫在含苞的树林
践踏了月光下的苹果花
落叶被海风摘光的时候

树顶结着一杯美酒

刊于《扬子江诗刊》2005年第5期

红酒，慢慢地品（组诗）

蔡骥鸣 1966年出生，河南固始人。中国作家协会会员，中国文艺评论家协会会员，江苏省作家协会理事，江苏省文艺评论家协会常务理事，连云港市作家协会主席。在国内外发表诗歌、散文、文艺评论百余篇，著有《行云飞雪》《梦醒起来见太阳》等。

一杯红酒是一个难得的夜晚
这样安宁和幸福
它融进了所有心事
溶解了多余的语言
此时，这个世界只剩下
一朵红唇边
一杯红酒

漫溢开来，是一片深不可测的红海
真想赤身裸体地在里面徜徉
收拢回来，是一滴心瓣中沁出的血
几乎要凝成血的立方
也许最终会郁结成

红岩叠垒的血痂

咖啡馆缓缓晃动着这杯红酒
用轻柔的音乐方式
这时的你变成了一杯红酒
泛出一圈圈的涟漪

造型优美的杯子
把红酒塑身得如此性感
酒精的浓度像铀
我真担心玻璃的脆弱
如何能经得起此重

小口地呷着
像从一个红色的线团拉出
酒中那细若游丝的魂魄，然后
为心灵织出温暖的毛衣，或
结成裹挟的蚕茧，或
胡乱地堆在那儿
把心绪跟着搞乱

红酒，只有慢慢地品
才能让酒中的万千情感
逐一地在舌尖上舞蹈
展示它百媚的姿态

她喜欢这杯红酒
红酒更喜欢那朵品它的唇

沙　漠

没有人会承认
沙子是一种液态
但沙子的细小堪比水分子
沙子的流淌像河流
当黄沙铺天盖地的时候
就像梅雨季节
连心里都沙乎乎的

这是自然的杰作
这是风磨推出的结果

沙子和水原是一对夫妻
他们的恩爱结出了绿油油的后代
不知为什么
他们闹翻了
我知道人在这里面
扮演了不光彩的角色
要么挑拨离间
要么拐骗他们的儿女
最后水漂流到不知什么的地方
沙子鳏居
把孤独和郁闷漫溢到
一望无际的地步

沙子常常做梦
想象着嫦娥奔月的样子

想象着水的如蜜柔情
沙子的狂躁歇斯底里
疯人院最密的栅栏
最粗的铁链
也无济于事

总有一天
当我们都成为沙子的时候
海洋和沙漠
两个不同液态的兄弟
会邀请太阳和月亮
对影而酌,举杯相庆

走回去吧

一

被肆虐的瞳仁腾跃,如两只刚刚宰杀的鱼

一群纯洁的白鸽子挣扎成死的惨状
零零落落,散铺冰凉的花色镶饰的迷宫之途
几簇稚嫩的蓝星星花开放,被成伙流氓成性的蜂蝶
肆意糟蹋,结出一串又一串妖里妖气的红果子
绿色的青叶总是潇潇洒洒而下
不知不觉中成为秋天第一批廉价的陪葬奴隶

寡妇们的哭声随秋风扬起,扩展如天空一样淡远
每个慈母的双眼凹坍成永恒之流泉
一条闪电的昭示使他们战栗了

墓地上，一簇一簇的碑石如春天刚刚到来的绿色急切的涌动
祈祷孩子们安眠的颂歌从清明时节开始咏唱
最后成为一首历史课本上时代性最强的爱情之歌

　　二

孩子们，孩子们啊

数团绒毛滚动的小兔子们集结一线柔嫩的膂力
一紧一弛地拔起一个很大很大的胡萝卜
一串跌倒，周围飘满毛茸茸的笑声

你们从一片雪地中走来
从一种迷幻色彩堆垒的童话中走来
你们要往哪里去你们要往哪里去

数不清的骚动在生命之河中鱼汛一样攒动
如何止息的诱惑从远方的地平线如大片放牧的季风空漫而来
孩子们，孩子们哟

历史一样固执的父亲们扼腕狂呼
眼睁睁地看着儿子们的头发随风一簇一簇地远去了
你们要走进哈哈镜里疯发枝丫的道路里
走进神经是电线、血管是下水道的城市去
你们是从哪里来你们是从哪里来

一群结伴而来的蒲公英散失，各走其途
只剩下一个哭泣的孩子迷惘地寻找着
呼喊声次第枯黄，最终成为一片流行色最广的红色叶子

三

城市被历史所紊乱,人心萎缩,天色一分钟一千种表情
孩子们像一条条随机的变色龙,皮肤的色泽闪闪烁烁
对峙的屏风千疮百孔,溢出斑斓的泡沫
斟满一朵朵嫣红的嘴唇
女人们的乳房被干草一样的性感填满,从画面上鼓鼓地隆起
散发迷人的诱香,一次次地挑起初萌的情窦
纸币糊成的纪念碑高耸在广场中央
磁性地吸引一缕缕敬仰的光
街道喇叭形的灿然开放
他们越走越幽深,在一阵高过一阵的欢呼雀跃中
把世界融化了

一阵流行菌嗡嘤飞来,辉煌的古迹次第剥落
辐条错乱般地散开,流向不同的方位
空气和风的食欲越来越强
皲裂的土地形成无数条流沙的河床
纷繁的键弥散一片嘈杂的音响
一切耳朵都躲藏在听不见的地方

四

走回去吧
走回那片纯朴不枯燥的岩洞
重新凝视那重重叠叠的、悲壮的、崇高的、伟大的影像吧
斑斓的风总有一天会凋落
那时你只有挟着沮丧的披风
拾回呈示出怪异图案的路径
但那只鸽子早已不知去向

那朵五色云在梦里变成一筐萎蔫的野菜

走回去吧
走回书的密林，花蝴蝶和梅花鹿依然在林中嬉闹
风从四周细细地拂进来，你沐浴着
蓦然感到三万六千个毛孔
像三万六千只晶亮的眼睛，辐射出搜寻的光芒
你的双臂像千手观音一样，车轮般地盘旋
于是太阳开花了，月亮结果了
所有的星星像紫熟的葡萄
一串一串丁丁零零地佩挂在你的胸前
几百万平方公里的土地上，几亿颗心灵
带着各自的光圈互相融渗、互相汇合、互相慰藉
——奇迹出现了
厚厚的地壳被照亮得通红透亮
于是，我们才得以振臂高呼
我们是人类的中心！
我们是地球的中心！

走回去吧

矜持是爱情的杀手

那时，我们经常在一起喝茶、聊天
时间，至少是两壶暖瓶水的长度

桌上，两个精致的暖瓶
靠着，这是我们预备的
一百度的高温装得满满的

但有两层真空玻璃的保护
有钢壳的外表套着
有不软不硬的软木塞子塞着
虽然仅有一厘米的距离
却冷冰冰的,感受不到
丝毫的体温

开水在瓶中等待
在茶杯中等待
在低温的空气中等待
在絮絮叨叨的闲聊中等待
一百度就这样在等待中
一点点的凉下去
喝到肚里总是温吞吞的

有时真希望两个暖瓶
突然爆炸,滚烫的水
一下子泄出来
肆意流淌
到处冒着腾腾热气
一次又一次
我们喝茶、聊天
从没有发生这样的意外

若干年后,那两只暖瓶早已不在
想不到,我们的幸福竟然被它葬送

《梦醒起来见太阳》第 33 章

蝗虫以浩瀚著称
所到之处,一切皆被湮没
相比之下,天上的星星
太过稀疏和无力

古代的星相师
历来把我们自比星星
可星星能霸占整个宇宙
我们却只剩下立锥之地
一寸土地上,立下无数个
踮起的脚。一厘米的
空气中伸出无数张
嗷嗷待哺的嘴

简而化之,人的种类
只有两种,亚当或夏娃
却享有每时每刻都在
发情或交配的权利,以至于
每一秒都会诞生数不清的同类
远远超过星星繁殖的速度

人们从历史的每个角落
从地球的每个早晨
开始,疯狂地饕餮
像蝗虫一样有计划地铺展
我们熟悉蝗虫的历史

就像熟悉我们自己的路径

没有任何东西能阻挡
我们生存本能释放出来的
有力步伐，连太阳
都不能。那么多眼花缭乱的
动物或植物种群，被我们
以各种科学成精细的方式
或描绘成艺术的方式
烹调成美味佳肴

我们毫不在乎它们的看法

《梦醒起来见太阳》第 44 章

寻找冰川的行动一次又一次地
深入，绝世之美
如惊鸿。几十万年的顽固
不再坚持，找不到可以存身的咒语

喜马拉雅，踏过一座冰桥
穿行茂密的冰塔，一股暖风
让心发颤，头顶上的雪篷
随时保持倾斜的姿态，等待
为探寻者盖棺

盘旋者的威武，以鹰的锐利
啄食残骸。被冰捆住的放浪

一浪高过一浪地撞击
无辜而纯洁的心灵
如长江大河，剖开群山
奔向不知所终的地方

一朵雪莲带动无数个雪山怒放
一颗水滴带动无数条河流疯狂
一头羚羊带动一群子弹在草上奔跑
一片秘境带动一个世纪的高潮

恐惧充盈寂静
不分白天和黑夜，等待的
正是生命中落下的太阳

雪白上留下的，杂沓和错乱
呈现慌乱的风格

一群人来了，偷偷摸摸的
另一群人又来了，大白天的
羚羊以飘逸的姿势落下
大象以沉重的方式倒塌
猎豹被更迅疾的速度追上

白垩纪时代修炼出来的贞洁之神
以七千万年的距离步行
在一步紧似一步的频率中
陷入了前所未有的泥淖

我们注定被稀释

重归大禹时代的洪荒
诺亚方舟在传说中建立
又在现实中解体
没有人能为自己找到一条上天的路

今夜，雪落在无眠的土地（组诗）

毕邦华 1967年生于江苏连云港。为中国诗歌协会会员、连云港市诗歌协会理事、连云港市评论家协会理事。1987年以来，在《星星》《延河》《扬子江诗刊》《连云港文学》及其他刊物，发表诗一百余首，散文十几篇，著有诗集《草木人间》。

落泪如雪啊！一夜之间白了大地额头
苍天无眼，偏偏六月缟素
每一片晶莹，都是你伤心欲绝的悲哀
每一朵雪花，都是曾经沧海熬出的泪
我长跪不起，让一头白发覆盖我前世今生

我看见两只蝴蝶翻飞，宛如两片雪花
哪一只是你？哪一只是我
在这冰天雪地的尘世，化蝶飞舞
当悲哀一夜白发
一曲《梁祝》，诠释最美最忧伤的爱情

给大地挖一个坑，用来储存你的泪水
飞来的草籽，咽不下这口苦水

水瘦山寒的季节，还你一池的晶莹剔透
雪偏遇一地白霜，一对天涯人
在肌肤相亲之后，沦落成一对雪人

今夜，雪落在无眠的土地
抱枕而眠，枕头在我怀里沉沉睡去
一位梦游者与另一位梦游者
相拥而泣
无雪一身轻，你为我抖落了一身积雪

滴血成印

又到一月五，又是雪花翻飞
雪落了雪开了
襁褓里的孩子满地跑了

整整三年了
即使相思，也长出红色的果子了
即使悲哀也快成人了

一只狼在雪地上奔跑
这是一幅画：背景辽阔、画风悲壮
张挂在苍凉的天穹下

我咬破手指，滴血成印
大地雪白的肌肤
我以我的血为你落款一枚鲜红

雪 人

雪，一片片落在脸上
犹如你冰冷的肌肤
有几片甚至钻进我的颈窝
感觉你冻红的手
习惯性贴近我的体温

就这样雪地里伫立
仅有一点灼热被感受殆尽
这是你的杰作啊
一座雪人，在推门而进的瞬间
突然泪洒全身

境 遇

去年，南山的雪下的好厚
我躺在厚厚的雪地上
你轻的像一片雪花，落在我宽厚的胸膛

今年，北山的草长得好密
你躺在密密的黄土下
我忽如一阵雪花来，覆盖你无边的凄凉

雪花如刀

又到一月五，小寒
天空飘起了雪花，阴冷恰似一把把刀

我穿着你给我置的大衣
宛如一副铠甲，此起彼伏的刀海中
让片片温柔纷纷落地

偶尔两片落在脸上，一如你温润的双唇
两情相悦的日子
被大雪压进了一部厚厚的童话
搁置在水榭花都 18—17
高高壁炉上，等你归来慢慢打开

我会在一个春暖花开的日子
用我低沉富有磁性的嗓音为您朗读
一切都已过去了
你神态安详，深情地望着我
那是一件很久以前的事了，我娓娓道来

所有的苦难都会雪融，我的思念也会用尽
万物也会回到原来
我们来过，也会永远地离开
无论是权贵还是卑微
我们曾经彼此相爱，现在将来直至永远

以上刊于《星星》《延河》

盐（组诗）

赵士祥 江苏省作家协会会员。中学时代开始写作，在《诗刊》《雨花》《小小说月刊》等数百家报刊发表过数千篇文学作品，获各类和文学相关的奖项150余次。做过纯文学刊物编辑、行业报、市报记者、经济类刊物编辑部主任、主编，现在五A级风景区内种茶酿酒写作，经营民宿。

最初的一粒
是由目光煎出的
它使走出森林的人类
诞生语言
午夜，在盐场
之后，盐的凝聚
使文字成形
之后，盐的纯净
使少女的眸子含泪
之后，盐的深刻
使野牛告别高山走入田园
而祖先被兽类咬伤的腿脚
多是在盐的洗涤之后

才又重新开垦农田的
过去的盐就是这样洁白
现在的盐还是这样洁白
未来的盐仍会是这样洁白
铺就了一条艰辛的路的
是洁白洁白的盐
融化成一片深沉的海的
是洁白洁白的盐
所以从古到今
没有一粒盐能作为种子
唯有在海英菜中寻找过温饱的群鸟
飞过都市飞过村庄
以血脂的名义，捉醒
永远不要忘记：盐！

午夜，在盐场

午夜，我沉入盐田之中
有一粒盐轻轻翻了个身
水仍在波动，波动
许多年许多年
盐就这样结晶吗
我的心越来越沉
我的歌越来越重
最终，我的呼吸
成了盐田里一圈波纹

是啊，在盐场
我不能不成为一粒盐

在浓浓的卤水里

体验爱情

　　刊于《星星诗刊》1991年5期中国青年诗人专号

盐及其他

从海中站出来

是我们开门后

惦记着的第四件事

许多年在南方和北方

草舍或者宫中

开花落

为着柴米的召唤

赴汤蹈火使家常饭飘出香味

居家过日子不易

幸福比盐淡许多

愁闷比盐咸许多

可是盐走西口下关东的人揣

着你

荒凉的地方扎下根须

所以至今苦熬着的人还常说

要想甜先搁盐

神谕一样的盐啊

吃你比吃米多的时候

就成了圣贤

放盐的手起落之间

岁月已轻松地流过了千年

搭盐船回家

民歌顺着炊烟飘扬
搭上返乡的盐船
我要经过多少村庄

这片海婆婆纺出的绸缎
涌动着不息的波浪
浪花被海鸟衔到天上
就变成了飘浮的云朵
戴着这顶硕大草帽
父老们滩头晒盐河里捕鱼
苦日子哼成老滋老味的淮海小唱
孩子们草棵中逮鸟塘里摸虾
小小赤脚踏出阵阵泥香
多少年过去深吸一口
我还能品出乡情的悠长
更多的泪与笑沉入思念的河床
溅起浓浓淡淡的意象

啊在颠簸中沉醉
河水带走了两岸的忧伤
小丁鱼翻起水花
滋润干渴灵魂茁壮成长
从盐廪下走失的孩子
又一次得到了母亲喂养

刊于《星星诗刊》1996年第10期

甜的泪（外二首）

朱落心 曾用名朱落新，笔名乐心，男，生于1967年，连云港赣榆人。20世纪80年代习诗，迄今发表诗歌作品三百余首。著有诗集《动情的海湾》。

你说泪是甜的
笑是苦的
没有人相信
但我相信

你说吹起的风叫誓言
飘过的云叫思念
流动的水叫情感
没有人相信
但我相信

你说夜
夜，便降临了
你说夜里不该有光明
星星就陨落了

沉默了很久
之后,你羞着说
好想爱一个人
于是,我来了
而你却走了

刊于《诗刊》1997年第7期

我所看见的炊烟

我所看见的炊烟,是春天
是四季里的片片繁花
和缕缕的诗意,升腾起的
那些和煦的光的温暖

我所看见的炊烟,是一年
串起十二个月,抑或连接
二十四个节气的,那一根
弹着清音的无形的金线

我所看见的炊烟
根扎在广袤的土地
枝叶伸展进千家万户
它所向往的蓝天
正在我们的头顶
慢慢打开了,又一个
乡愁弥漫的夜晚

刊于《文化前沿》2016年第1期,
入选《2016江苏新诗年选》

滴答有声的悲伤

当寒意,从一张纸上袭来
你才会感觉,这个秋天实在太短
甚至,春与夏,都短暂得无法想象

晨与昏,成为时间的表象
十四层楼外的日出日落
抹不去滴答有声的悲伤

风说,秋水正凉
云要回家,一场雨已在路上
剩下的只能交给时间

只是,是否有几种时间
就会有几种悲伤

刊于《连云港文学》2017年3月【总第310期】

午　夜（组诗）

大弓一郎　本名张夷。先后就读于苏州大学政治系、复旦大学中文系。作家、诗人，上海市作家协会会员。著有诗集《在心情与脚步之间》《造一座城》，散文集《在天堂与天堂之间》。现居上海。

一个人的嘴唇
在窗纱上舞蹈，并看见了
另一个自己
那刻，所有的寂静
都拥有了不安、抑郁
与动荡的回声

一个人，喝着另一个自己
斟满的酒，然后再相互告别
告别其实是一种建筑
漂亮的废墟的影子

黑与白

我隐身的烟囱，炉膛漆黑
只有一盏灯，和牧师的头发
是雪白的
一匹马奔了出来，一匹黑马
奔了出来
它偶尔露出的腹部
也是雪白的

窗 外

窗外有阳光，有风
有时候，会是一场雨
今天我看见
鲜花凋落
看见巷子很深
斑马线空旷

或许有一天
一只死天鹅飞过
我会看见
雪

永 生

从马嘶变成汽笛
电影太容易做到了

我们一样，叫喊声中
切换着沉默的日子
在手里的旧书上
冒着浓烟的黑色火车
正当妙龄
这使我想到飘荡的
沉重的长发，让我想到
在其身后，生长出的
那些孤独的城池

困乏之所

太阳从西边出来
至少在我看来，是这样的
于是，你说你在太阳中熔化
就是一个假设
而那些真的被熔化的万物
谁比谁更值得缅怀？

但又能怎样呢
缅怀不过是另一束阳光
它在世间游移
或熄灭回光或返照

刊于《特区文学》2015 年第 5 期

孔子望海

云　舟　原名姚金波，男，1967年生于江苏沭阳，中文专业，连云港市作协会员，诗歌协会理事，工作之余致力于文学创作，作品发表在国内报刊和各网络平台，有部分作品获奖，诗集《一半是阳光，一半是海水》待出版。

因你曾经的一望
这块东海之石——
一夜之间成就了山的辉煌
和你结下永世千年的姻缘

孔望山——
一座穿透千年光阴的山
黄色智慧的海洋
汇聚着黄河与长江的光芒

汹涌澎湃
激荡在你的胸怀
浪花拍岸
是博爱深情地呼唤

光滑奇崛的山石
沉淀着岁月的洗礼
思想的光芒闪耀在
每一丝斑驳的纹理

海风吹拂在山林之中
诗书礼乐——
在松涛中悠悠地传颂
潮汐将厚重的春秋陈述

立于孔望山巅
餐饮风霜雨雪
深邃的目光穿越茫茫苍穹
摄取海的博大把仁爱追寻

细雨缥缈
山路弯弯
大海的远方
是大同的方向
天下启蒙的信仰

日落大海
彩潮万丈
万世之表与泰山齐形
浩浩汤汤听大海之音

刊于《苍梧晚报》2018年8月27日

孔灏诗选（六首）

孔　灏　中国作协会员，江苏省评论家协会理事，连云港市评论家协会主席、作协副主席。著有诗歌和随笔集六部，作品入选高中语文教辅书和多省市高考模拟试卷作文材料。参加《诗刊》社22届青春诗会，获华文青年诗人奖、紫金山文学奖等。

名叫虹的女子

名叫虹的女子
让我在雨季最绿的芭蕉叶下
收集你阳光的微笑　樱桃的情意
让我那画帘半卷的心上随便飞过一只燕子
轻轻轻轻　向东风起的地方
衔起我们往事的枯枝

清明又过　谷雨已行
你在河面上垂柳的影子后面
想象雪

我乡野的女子　虹
你放飞的第一只风筝至今我记忆犹新
怀抱流水的火焰
我已经学会了在流逝中把握瞬间
从灿然和并不灿然的凝眸中
寻找一些　照亮多年以后的夜晚
和心灵深处那片净土的
霜　或者月光

被秋天碰碎的思想
要从晴空里最纤细的一缕云下
映照出爱情的光辉
把手伸进碧潭　虹
一轮轻微的颤动是我最致命的漩涡呵
你知道　情到深处
生命将以每一个最浅显的细节为形式
真实　和脆弱

沉默在青草深处的那女子　虹
用五月的容颜你走过春天
用童话以北最精致的小房子
你装点你的心
我将踏到一只怎样的兰舟之上顺水漂流
又将面对一双怎样的鸳鸯似曾相识
我将怎样于从容之间倾诉出前世所有的晓风残月呵
如你无声的语言
明亮　又忧郁

刊于《诗神》月刊 1990 年第 10 期

心平如水

湖南老家的乡下
乡居生活蓄满鸟鸣
姐妹们比鸭子更先知道春天
她们洗衣时的笑声
暖暖地溅湿你的一身一脸

我们和竹林一起长大
竹笋也像是我们的孩子
盼望下雨的孩子
他们的等待和三月一起晴了又阴
成长使爱艰难
直到我坐在郑板桥惊心动魄的岩石对面
仍对一节清韵
细数太阳的年轮

我是一个想往远方的人
绝对没有认真地观察过任何一种植物
而是仅仅凭一束绢花
叠加阳光、空气、土壤和水分
我知道永远的春天是有的
永远的冬天也是有的
在远离了童年的许多场合我仍这样想象明天
我知道　永远的远方
童年和明天在箫孔间　曲尽未眠

心平如水

在没有什么可笑的时候我们为什么要微笑

在没有听清的语言面前我们为什么要点头

时间消逝　我们常在

想我湖南老家的乡下春江水暖

姐妹们的笑声

在太阳下潮湿

在城市的上空　招展

刊于《诗刊》1991 年第 12 期

一　年

一年的雪花谢了

一年的李花开了

一年的南风把一年的月光酿成美酒

醉里挑灯

我看见一年的芳草

染绿了细碎的马蹄声

这一年谁是我的天涯

这一年　谁

在等着我回家

这一年的江湖老去了多少少年

这一年我离开

我还能不能站在你的面前让你知道呵

我　已经回来

这一年远了

一匹马　在岁月中扬起了它的鬃发

像是我的笔抬起

像是我的笔放下

这个世界所有沉重的问题

都可以作一声　轻轻地回答

刊于《诗刊·下半月刊》2008年11月号

感觉山高月小

感觉山高月小

还是要回到宋朝

回到长江的边上

当萧瑟的秋风

说尽了无边的落叶

当清冷的寒霜

涂改了山川的颜色

当长江水一遍一遍地拍打着谁的影子如礁石呵——

心中有鹤

且像明月一样放养

心中有江山

且像诗篇一样吟唱

心中有酒就不再沉醉了吧

心中若还有些俗念

也不再，总是勉强自己了

本来，山无所谓高

月，也无所谓小

感觉山高月小

我只是把家中的门槛

当成赤壁

刊于《诗刊·下半月刊》2009年5月号

古离别

少年在柳荫里系马
他的白衣飘飘
舞动绣楼上的心事　和天涯

春来无事所以多出桃花
多出燕子　多出流水
也多出落霞……
这美景良辰
快呵——
可惜了秋千架旁　那人不在

一川的烟草是墙
满城的飞絮是墙
庭院深深
再深，就深到墙外的歌声里了
一转眼
三十八啦
真不好意思　再提自己
只好说：
快看快看
那还乡的少年　是不是
孔灏的儿子

刊于《诗刊·下半月刊》2009年5月号

多我一人

多少年！身边尘埃落定
远方，冰澌雪融

飞鸟是搬来搬去的梯子
岁月拾级而上
如此浩大的工程呵
牵动了多少仰望
多少个　春天的荒凉

西风依旧
芦苇茫茫
落日的喃喃自语
让城市的肩膀
晃了又晃——

这世界沉重
只因
多我一人

刊于《诗刊·下半月刊》2009年5月号

我一直想过的体面生活（组诗）

李淑云 20世纪80年代末发表处女作，作品散见《连云港文学》《诗刊》等，连云港市诗歌学会副会长，连云港市评论家协会理事，出版诗集《一个传说千个传说》。

轮　回

我一直想要多得不能再多的文字
这样形容
皱纹和流水
它们的速度
我一直想过的体面生活
就是看到风
在我的指尖打着呼哨
那说不出来的幸福
看不见也摸不着
它留下来的牙印
要住在梅花的家里
因为寂寞

小小的春天

舌尖那么大的春天

和秘密一起

和金银花瘦小的花蕾

红肿的嗓子教会我帮助她们

家乡的树梢上挂着半个月亮

和两袖清风

而一枚落叶的距离，悄悄发生

燕子就会来的

戒

假如三尺之上是青天

假如三尺以上住着神灵

我的花儿都醉了

连同那些假设

都在我的三尺之上

一根白发就能到达

除此以外，我的快乐

整个世界盛不下了

而我，只会在一枚文字上，生蛋，打桩

只要好好活着

一

我现在只要好好活着

用活着想你

在下一杯咖啡里加点糖

下一碗玉米面糊糊里放几粒花生米
我要让日子滋润
等房后的茉梨花开
我要疾病疼我时，疼在我身上疼在你心里

二

白天反反复复，仿佛周而复始
它的到来让黑夜更黑
爸爸的推土机总也跟不上它的速度
爸爸的教鞭像赶一群小白鹅
她们扑通扑通跳下的那条河
早就水涨船高
如今他们都长大了
扛着生活像扛着当年的小红旗

我一手写诗一手做饭，一边抬头看天
被一个不认识但爱我的人怀念
我也想他，想他时
屋外的茉梨花像一场雪
悄悄地下，悄悄地香气隐隐地飞落

三

从画室出来外面是冷的
落到身上是凉的
明天我们要去画广告牌，我们画下一些东西
有抽象的森林和野兽，它们不认识自己
我们说天蓝天就更蓝，说水清，水就更清
我们可以塑造一切
装腔作势地说，我想做什么就做什么

至今记得这腔调,替一个人,找到乡下的家

四

我现在只要好好活着
像一根葱,虽然不是一道大菜
但要把自己当回事

从哪里来,就别往哪里去
扛着祖先的尸骨走下山坡
我满面自豪啊,扶着柳枝的小蛮腰
来生为你传宗接代

我是小市民,穿梭在小市民中间
逛超市挤公交
和鱼贩子讲价还是比他慢了三拍,怎么说不过他?
生活更花更绿了
我的水性杨花,身上的酒气
唇上的烟草味,如梦如幻
快乐是不好的
明天是不快乐的

她不吃这个世界上的食物了

一

站在我面前
芝麻开花的速度
老家就没了我的双膝
我在尘土里浮沉的样子

太平洋上一朵花儿盛开了
这绿色的细芽儿
扭伤了自己的腰肢
要你的旧手杖
结出杏子
流出的口水要你给擦了
路中央那块土坷垃
吱地一声滚到边沟里去了
要你给我的宽畅大道，要你的不死
陪我活在世上

二

南园的老房子要拆了
屋顶抽去三根木棒
南园的星星像天女散花
迁到新居的人看不到，老屋子空得多么漂亮
天冷了就抱着你的三寸金莲
我指着你的腿弯告诉堂妹，我就睡在里面
傻傻地想那顶八台大轿，红盖头上绣着牡丹花
陪嫁姑给你涂脂抹香贴花黄，你说你做了一个月的新嫁娘

三

亲娘躺在泥土里做梦，她不想出来，那一年你七岁了
后娘刚刚进门，你怎么可以喊她娘亲？
你手里攥着绣花鞋，围着那个土堆转啊转
那是亲娘最后的一口气啊，你握了一生

新发芽的苜蓿装满你的篮子
老黄牛喷着响鼻

抱你坐在牛背上的长工,不停地抽泣
旋风从青草上吹过,那是娘亲的叮咛一路跟来

四

你总说所有的孩子里我最像你
大眼睛、亮额头,眉心搁下二指宽
你这四方八邻的美人儿
十七岁嫁了个少年郎
你说他和我十五岁的侄儿一样大
黄黄胖胖有点浮肿
你横看竖看怨后娘
——斗沟村的没个人样
他城里读书一去三年整
回家时风流倜傥读书郎

五

兵荒马乱,欠收拾的村庄啊
逃鬼子时,咱一家老小躲在河沿上
水好凉,头顶的鬼子马蹄比炸雷还要响
丈夫为一方人民谋主权,你胆战心惊没个日夜之分
怀里抱手里领,四更天你唱起小五更
半身瘫痪的老人你还要给他翻个身

那一年她三十二岁
共和国第一张离婚证书垫在她簸箩里
一张盖着大红印普通的养蚕纸
把一家人的长衫短袖吐丝编结

六

你总想把我嫁了
你说姑娘嫁了像南瓜开花
结了纽挂了瓜,这才是老户人家
你跟在我身后一直追到村外
你总想扔了我的画夹子,
总是舍不得把我的一张纸丢下
正反面看了没字你才会用它

你总想我嫁个好人家,高了怕旱底了怕涝
你拉着我的手流泪,说隔壁的爱玲对上象昨天上门啦

七

媳妇有了眉目,妹妹的学校知道在南方
你的小丫听说跟一个陕西小伙子走了
那个说哪里黄土不埋人的负心汉还想死在家乡
这么多年的心病落地生成根了
墓穴不再空出半边的冷
你双脚一蹬就闭上双眼
留下我,谁喊小丫?揪得半个村庄水汪汪

八

你好像很困啊,睡不完的觉
而你以前不是这样子的啊
你五更起床,三更睡的啊
坏脾气的祖父又骂你了
他的儿今生连累了你

那时他骂你你也不走的啊
诉苦只到亲娘的坟
你说姓李的没有坟头是你的
给你个坟角，让你的孩子有个娘亲

九

为什么你不看我
你不喜欢吃这个世界上的食物了
我摸着你的脸，你的手一按一个软窝窝
血不在你的身体流动了，它不温暖我了
我趴在你的耳朵边，我想大声地喊
你的银耳坠叮当叮当地响
你的旧银器，在另一个家乡，月光一样明亮
那里有你的婚床，娘亲正绣着手工
我趴在你的耳朵边，我不哭
我闻到你身上的乳香了
你就要出嫁到远方
而我要长大了，你一生的小丫
就要坚强了

以上发表在《诗刊》上

蜡梅花开（外一首）

成红梅 笔名如烟，女，汉族，1969年生，江苏恒瑞医药股份有限公司退休。诗歌《相遇最美》曾获连云港日报社、市文联、新浦区政府联合举办的"我心中的玉兰花"诗歌比赛优秀奖。

你孤独伫立在村口，
你干枯的枝干，
犹如母亲干枯的脉搏。

大地冻结了最后一条河流，
你仍不肯去睡，
却向那一轮圆月诉说着，
自己的哀愁。

南飞的大雁早已没了踪影，
从此便杳无音讯，
风霜已为遍地的落叶，
立起了一座座坟茔，

天空垂下了它的眼帘，
不忍再看，
只为你一声长叹，
拨动了冬的心弦。

那一场大雪终于如约而至，
是谁动了恻隐之心？
每一朵雪花在空中盘旋飞舞，
只为急切地寻找你的位置。

迫不及待地扑向你，
簇拥着你，
扑进你的怀里，
它们是你所有的孩子。

冷吗，
母亲？
只为一声轻轻的问候，
你便绽放了自己所有的花朵，
满足了一颗母亲的心。

刊于《苍梧晚报》2006年1月8日

夜的舞者

你不要怕残阳从林梢滑落，
你不要怕夜的影子紧随其后，
不要月光，
不要星光，
不要烛光，

我只要这夜的海洋!

拽掉面纱,
赤着双足,
我在夜的上空飘摇。
长发飘飘,
裙裾飞扬,
我在荆棘上跳着怪异的舞蹈。

飞溅的血在黑夜里开出大朵大朵的花,
呵,红红的玫瑰花!

我低低吟唱。
轻啜、轻啜,
梧桐叶上的雨滴。
凋零、凋零,
碎了一地的谁的心。

黎明之前我就要离去,
你不要醒来,
你不要怜惜,
我挂在唇角的浅笑,
是否适宜?

刊于《苍梧晚报》2006 年 3 月 19 日

在屋檐下（组诗）

何正坤 笔名何尤之，江苏省作家协会会员，现居连云港。先后在《四川文学》《鸭绿江》《山东文学》《阳光》《福建文学》《西北军事文学》《雨花》《绿洲》《创作与评论》《读者》《安徽文学》《芳草小说月刊》等杂志上发表小说、小小说、散文、诗歌等两百余万字。

穿梭从一个屋檐到另一个屋檐
屋檐把风劈为两段，雨哭泣着
望着我露出得意的叹息。即使阳光
也在屋檐外对我虎视着

一个又一个的屋檐加起来
测量着我生活的长度
在屋檐间的脱节处
我的脉搏突然停止了跳动

我的颈椎很痛，无法直立
后脑勺总是触到屋檐的电
每坚持走过一个屋檐

身体的海拔和弧度弓如叩首

进不了屋,也离不开屋檐
我仍在屋檐下踯躅而行
走完岁月屋檐的长长尽头
回去乡下再筑一座我的
屋和屋檐

刊于《敦煌》诗刊 2006 年第 1 期

寂寞心湖

也许太突然
来不及辨清你的眼神
也许太贸然
来不及等到心焦

心的湖水早已冲破堤坝
汹涌地流向你的世界
潮水拍打着你的心岸
你是否也在浪花中沉醉

像是一叶嬉水的扁舟
你在湍急的水流中轻荡
偶然用手掬起一捧水
又一滴滴从你指间滑落

小舟悠悠已渐行渐远
留下追逐你的是长长的波浪
寂寞的心湖呵

不知几时才能归于平静

刊于《灵水》杂志 2000 年第 3 期

蚯蚓的诗句

当诗歌向着太阳的背影沉重地走去
蚯蚓无声地驮起沉默如金的诗句
从坚硬的北土到松软的南疆
扯痛大地的皮肤
留下一路的血渍斑斑

想象和着雨水充饥
没有骨骼的弱躯
何以撑不起黄金钞票
却要撑起顽强的头颅和从不停止的思想
向前，一直向前

捧读大地的脸
蚯蚓踽踽独步的足迹
留下一行行用青春和毅力写就的诗句
沧桑的诗行向大地的深处流淌
普照不见日月的芸芸众生

刊于《蓝铃》杂志 2006 年第 7 期

路边的梁祝

今夜
是谁把一段旷世的古曲
曝现于上海的沪闵路上

一支唢呐，两支竹笛

诉说千年的情愫

唤醒舞翩的双蝶

乱了行人的脚步

一对恋人在婉约中迷踪

反反复复是一段絮语

缠缠绵绵是一个传说

挣脱束之高阁的枷锁

从民间艺人的指间出发

高雅圣洁的旋律

落伍漂泊的旅途

繁华的喧嚣与明暗不定的路灯

搭起音响灯光的舞台

唱响廉价的青春

编织天涯孤舟的梦魂

刊于《南叶》杂志 2005 年第 11 期

梦着疗伤

啼血的残阳

被黑暗日复一日地算计

犹豫的风

吹落了故事的枝叶

透明的空气

坚硬如铁，削断一根红丝

一丝记忆被日子压垮

一些伤痛走出日子

唇边沾满了干裂的时光
头发的光泽暗了又亮

谁的红袖
掀起厚重的夜帘
谁的浅浅无邪的笑脸
弄痛我久酣的梦
我的情殇开始发炎
醒着隐痛
梦着疗伤

刊于《蓝铃》杂志 2006 年第 8 期

冬的记忆（组诗）

李　明　女，笔名明月，高级教师。江苏省作家协会会员。《散文选刊》《中华文学》杂志签约作家。文章见于《神州学人》《中国书画报》《澳大利亚时报》《中华文学》《散文选刊》《江苏工人报》《连云港文学》等报纸杂志。作品获2018年度中国散文年会评比十佳奖。

那一天
你别过西风，别过秋雁
天光就暗沉下来
河流停止了奔跑，柳枝格外安静
这情形和冬天很搭
和麻雀、灰喜鹊的色彩很配

云脚低着头思考
抱着远山，舍不得放手
夕阳给他们罩上金色的羽衣
屋里的小火炉红了，心事烤热了
欢欢喜喜，迎接冬至的好日子

岁月很长，流年很短
一九,二九,三九,数满九九级台阶
就走到了春水初生的城下
马蹄溅起的草茎，发出嘚嘚的轻响
蝴蝶探出头来，牵牛花爬满了窗台

刊于《苍梧晚报》2018年12月27日

等一场落雪

等一场雪
等一朵梅花轻启丹唇
像等一个前世走失的故人
总要铺陈些浪漫
才可以登场

乡村和街道凸凹不平
落一场雪，就变成天堂
风也静，人也静
树梢的鸟音也静

等一场雪
把故乡的月光描瘦了
把一个人的名字念暖了
用画一朵雪的光阴
写满坡春山笑

不说天空蓝，不说云朵白
只说雪花一样翻去的日子
滋养出的醇厚味道

和一个个庄重的仪式感

　　　　　　刊于《苍梧晚报》2019 年 1 月 6 日

大　寒

大寒之日
云朵僵白如铁
麻雀在墙角裹紧灰衣
恋爱的事要暂时搁置
河水的脚踝被北风铐住
惆怅地望向远方

一场雪落下
梨树肆意开放
等不来一只蝴蝶的翅膀
山坡扭动肥硕的腰肢
桃花妹妹藏在里面
要等迁徙的鸟儿敲门

太阳升起来了
有人燃放爆竹
有人痛饮烈酒，泪眼婆娑
笨拙的雪人也学孩子跑步
摔倒爆发的欢笑
像田间哗哗作响的溪流

　　　　　　刊于《苍梧晚报》2019 年 1 月 24 日

白玉兰

李道路 笔名木子。《中华文学》签约作家,国际网络作家协会会员,中国小诗协会理事、会员,中国微型诗社会员,连云港市作家协会会员、诗歌协会会员。著有诗集《366朵幸运花》,有诗散见于《森林文学》《澳洲彩虹鹦》《中国微型诗》《中国小诗苑》《北京诗人》等报刊。

惊起一树的鸟鸣
是飘落枝头的云霞
淡淡的相思,摇曳的丽影
冰洁似雪,如诗如画

清纯的爱意,洒下那片平平仄仄
幽香缕缕,弥漫着流水年华
斟一杯甘醇,成双对影
洁白的蝴蝶,飞进那扇敞开的窗口

陶醉于三世的那朵白莲
故土的滋润,霜洁而高雅
默默守候,三生的那叶菩提

一泉清流,海角而天涯

烟雨蒙蒙,如雾如纱
湿漉漉的情丝,飘飘洒洒
清风阳光中,一只只放飞的白鸽
闪闪霓虹里,一弯弯美丽的月牙

刊于《中华文学》2018年6月总第454期

玉兰,故乡最美丽的花(外一首)

卢明清 60后,曾用笔名卢布、零度等。出生在江苏省台北盐场六道沟。中国散文学会会员、《散文选刊》《中华文学》签约作家。连云港市散文学会理事、市诗词协会理事。出版《猴嘴散记》。散文《青蒿》《和我同年的花狸猫》分别获得2017、2018年度中国散文年会"二等奖"、"十佳散文奖"。

在岩石间遇到了你的根
在蓝天里撞上了你的笑脸

你的身影酷似华灯,照亮
一座城市美丽的容颜
你的花朵宛若春天手中的喇叭
讲述一座城市的过去、现在与未来

在我的故乡连云港
你比一万种春花清香
比一万种春花美丽
你这帅哥靓妹,我们的宠儿

春天，海的歌声

伴随你盛开朝气蓬勃的气息

故乡，激动无比

刊于《苍梧晚报》2018 年 4 月 13 日

洄　游

无数的鱼拎成一根乌黑的缆绳

还有一些蝌蚪也加入了绳子的队伍

朝着高原的方向挣扎

船工的号子使出了全身的力气

鱼和蝌蚪和刀郎、降央卓玛

一起唱"还记得你

答应过我不会让我把你找不见……"

没有谁在意自己从什么地方来

一场大雨下个不停

江水争先恐后向山下奔跑

高唱"大海啊，故乡"……

刊于《长江诗歌》2018 年第 7 期

一片黄叶子（组诗）

孙 夜　中国作家协会会员，广东省文学院签约作家。江苏连云港市人，南京师范大学中文系毕业。作品散见于《人民文学》《诗刊》《北京文学》《芳草》《大家》《诗歌月刊》等刊物。出版诗集《我需要的七》《新地址》。现为深圳市龙华区作家协会主席。

我要在你的水面多漂一会
那是我特意准备的黄
我总想为你发出金色的光芒

我忽略了我来自哪片森林
哪一棵树
成为一片具体的叶子
只为方便伴随你漂流

沿着你的方向
穿过多少落英和缤纷
我保留了我的色彩
只为你这平静的水面

我多么迷恋这份平静

这些都是骗你的
其实我早就是你水中的那条游鱼
一直在你心中
深入浅出的游弋，充满喜悦

我的马匹

天寒了，我思念长安
思念驿站里唤我取暖的人
大雪覆盖着官道的尘土
我丢失了我的马匹

我要烘干我的官服
在天亮之前进入皇城
面圣我早朝的王，大雪纷飞
可我丢失了我的马匹

我再次检点我一年的政绩
我带领民众兴修了水利
并且保持了纯朴的民风
每家都屯着粮食
每村都配了赤脚医生
可我把我的马匹丢了

因为我丢了我的马匹，大雪纷飞
我从长安被贬谪到了深圳

我想要的房子

我一直想有一间好房子
在山峰上，隔绝水源
靠天堂供应食品

那是一间大房子
木制结构，有宽敞的阳台
可以俯瞰辽阔的后院
食客三千走来走去

卧室里的床很大，连接草原
适合贪睡的女人

每夜有月光照进来
午后百花开始盛开

需要一座好房子
一座可以背着行走的空房子

我总会虚拟的轻轻地唱

我总要拾级而上
我总会遇到些光

你是一株不肯摇曳的水生植物
只为水开花
错过的时光更为美丽

像寂静中的霞

你在前世就放弃了后位
多少从庙堂走出的人
从此羞于称王
清水而出。满湖的水珠
从不轻易打湿你的衣裳

没有人留意窗前的风铃
只有你知道
蝴蝶的羽翼下停止的声音
白马还在途中，配着金鞍
倾泻而下的群星，总有一颗醒着
流落在民间

我不是采莲之舟
我只在有雨的时候自横
等着你晚来的渡
所有的岸都带着花纹

我总要拾级而下
我总会虚拟的轻轻地唱

我在深夜里弄出的响声

我在深夜里弄出点响声
不知这会不会惊动些什么
夜色如血，可以弥合伤口
可以引导越冬的种子吸收水分

而在夜色变红之前
我只能弄出点响声，留给你
留给需要过冬的人

天气转凉，刺芒上还有温度
像一个转音来自伤情的岛歌
只有沉默的人为此小心

废墟总是留给外乡人，在陌生处产生意义
收割玉米的地方，生长出一株灌木
一株带刺的落叶灌木，代表被颠覆的阶层

今夜我要把事物分开

我要在这个村子留宿
今夜的月光经过这里
如同突然想起一个名字
我要停顿一下像一个标点
我不想把这个句子拉得太长

我要花站在左边
果实站在右边
我把烟和烟雾分开
把睡与睡眠分开
在月光经过的时候
今夜我要把事物分开

月光没了我也就走了
我无法在这个村庄留宿

我还是把简单的句子

拉长了

      刊于《人民文学》2018年7月号

课本里的诗（三首）

邵世新 江苏连云港赣榆人，20世纪60年代出生，迄今为止在全国各大报刊发表散文3000余篇，2017年结集《生命中那份柔软的慰藉》（东北林业大学出版社），2019致力于《赣榆非遗录》一书的编写。江苏省作家协会会员，赣榆区作协副主席。

荷塘月色

掩不住的心事
在月光下徘徊

一条小煤屑路
被踱成心的走向

自由是朗朗的清风
寂寞是荷的芬芳

还有什么值得怀想

这样的夜晚适于遗忘

今夜，荷塘旁边
有一个人很奢华地把月光独享

小橘灯

有一盏灯亮了几十年
闪亮在很多人的心间

它的光芒四射
夏日清凉冬日温暖

没有比孩童更纯真的笑容
没有比那夜更温暖的夜晚

有了爱的牵引
何惧山道弯弯

那盏灯一直闪耀在我心间
渐渐它已演绎成了生活的宝典

最后一课

怎忍看最后一眼
那一眼里全是眷恋

静静的是课堂
不平静的是心中的波澜

战争的音讯令人厌倦
多少双眼睛把和平企盼

永远不会忘记这一天
童年在瞬间长成了成年

最后一课
是一顿难忘的最后晚餐

伞

天目山 原名韩堂善,大学学历,连云港市赣榆区副主任科员,资深文学爱好者。诗歌《你的目光》原发《扬子江诗刊》,被《青年文摘》等转载。

多么骨感
又多么丰满

静如处子
默默无言

动如丈夫
阳遮雨拦

有时是风景
有时是孤单

2016 年 10 月写
2018 年 2 月改

你若安好，我才晴天

王文岩 东海县人，1968年出生，自1996年开始文学创作以来，先后在《东海日报》《苍梧晚报》《连云港日报》《东海文艺》《连云港文学》及省国家级刊物上发表文章。参与编写微电影《寸草春晖》等文学剧本。

你在，我忙
咫尺天涯
见与不见
你都在
你走了
抬头是雾
低头是雨
悔与恨若低垂的云
在心空徘徊翩跹

你在
天是蓝的
花是香的
草尖上缀着的露珠也晶莹透亮

你走了
四季忘记了更替
春风依然料峭
满眼已落红遍地
那痛若抓根拔节的草
在心头无风也招摇
是呀
你若安好，我才晴天
你才是我的人间四月天

眼　睛

天又热
穿上的仍是去年的裙装
去年的你曾望着身旁的我
眼睛中有星星在闪亮
这身衣服真好看，那花像真的一样
裙装上的花仍灿烂地开着，鲜活如昨
你却已在天堂
泪水在我的眼里荡漾

猛抬头
天空每朵云彩都似你那双亮亮的眼睛
满目的疼惜与怜爱
柔柔地粘在我的身上
无论人世还是天堂
眼睛里演绎的都是不舍的牵挂

悔

白天
绕着单位、家门不停地画圈
梦里
依稀同事依稀孩子依稀奇奇怪怪的人与事
生活被更多的东西塞满
没有闲暇想你——姐姐
想与不想你都在那里
抓起电话　线筒便传来你脆脆的声音
推开家门　看到的便是你盈盈的笑脸
犹如村前那棵旺盛的柳树
无论经历过怎样的酷暑严冬
春来依然根深叶茂
有风无风都兀自萧萧瑟瑟

年初还筹划着一起去看望年迈的大舅
月前还在工地上壮劳力似地搬砖和泥
昨日还计较着中药的苦涩与贵贱
今天你却走了
笑靥滑过我的泪眼凝滞
满目的不舍与不甘
你走了
风起雨来都牵动着有关你的记忆
白天的忙碌压不下想你的闪念
脸上的泪痕告诉我梦里你来过
就连夏秋之际满街翻飞的女衣

也扎着我的眼睛——这款式适合姐姐
可我已没了买这款衣服的福气

刊于《苍梧晚报》《连云港日报》上

月光静无声

王茂群 男,农民,初中毕业,从小爱好文学。2017年重新开始文学写作。连云港作家班第五期学员。在2018年荣获"'东海农商银行杯'我家这四十年"家庭故事征集活动优秀奖。在2019年县文联等单位举办的《世界水日·中国水周》有奖征文活动中获优秀奖。

趁着无声的月光,爬上
邻居家的杏树。月光
在一束手电光下消失
我趴在树干不动
嘴却细嚼着杏肉

慢慢下来吧。邻居大爷的
声音,像透过枝叶的月光
静落在我身上,融入到
杏甜里与我同行到如今
笼罩在家乡一片蛙声的土地上

今晚,又想起那杏甜

我为村上的留守老人悄悄浇稻
踏着那片月光回家

　　　刊于《江苏工人报》2017年8月4日

苦丁茶（外一首）

相宝昌 江苏连云港人。在《当代诗歌》《连云港日报》《东方烟草报》《新周刊》《创世纪》（中国台湾）《世界日报》（菲律宾）《诗潮》《诗歌周刊》《中国诗歌网》《中诗网》等多家纸媒、网刊发表诗歌百余首。首届国际微诗大赛优秀写手奖。市作协会员。以文字筑梦，用灵魂耕读。

攒成一枚钉子。嵌进沸水
我以为它会痛，会哭出声来

而它，渐渐舒展
像是习惯了异乡，紧裹的心事
乌云一样缓缓散开

发表于菲律宾《世界日报》2018年11月27日文艺副刊

《诗潮》2019年1月刊

台湾《创世纪》诗杂志197期

墓　碑

大写的姓和名

署上年月日。另有几行小字
那是儿孙作为担保人的签名

伸出孤独的手指,无处摁落指纹
一张欠条,盖棺未定

    2018年"首届国际微诗优秀写手奖"获奖作品

纪念碑（组诗）

张冬成　男，江苏淮安人，大专学历，高级职称；供职于连云港市某国企单位，任书记、工会主席、副总等职；连云港市散文协会副秘书长，连云港市海州区作家协会副主席等，作品多见于各类报纸杂志。

风雨年复一年剥蚀你的躯体
你仍昂扬着头颅
潇洒当年视死如归的气概
人民英雄是不愿意炫耀自己身世的
用砖石矗立的碑石啊
只是告诉后人曾经有过的那段历史

你很怀念过去拥有的慰藉
每天都有成群结队的人来与你交谈
并为你感动得一次次热泪盈眶

不知何时
你却常常沉默不语
是你觉得身旁有些冷清

还是为碑外的人忘记了什么而悲伤

    刊于《连云港日报》1998年5月13日3版

你的名字

认识你之前

Juan，这个字眼

极其普通，非常平凡

在中国

有成千上万叫Juan的女子

像蒲公英一样遍地

而认识你以后

Juan，这个名字

却明媚又高贵

你白玉般的肤

黑珍珠似的眸

娉婷婀娜的身姿

如天上下到人间的仙女

我喜欢你动人的笑靥

欣赏你雍容的举止

但更爱的

是你纯洁的思想

甚至不沾一点世俗尘埃

叫我如何表达对你的爱慕

在你面前

雁落鱼沉，月闭花羞

笔也失色

    刊于《大雁诗刊》2017年卷

一支歌

有一支歌

我夜夜倾听

我把它放在月色的凄清里

让歌声长出 mind 的翅膀

在夜夜无眠的星空中飞翔

从夜的深处唱出的歌声

无人看见我忧伤的泪滴

我要把感情的野马收回

重新放牧在绿油油的草地上吃草

开在你唇边含笑的花朵

它要把我的灵魂消融

从中我找到过流逝的青春

也伤痛得叫我肠愁心碎

这朵花结伴着恨

我常常用忏悔的泪洒它

纵然是以后我们还能再见

但还是不如怀念

我宁愿夜夜放出这支歌

去追你的笑

今夜无眠我四看无人

月光已满了窗棂

我又轻轻放出这支歌——

相见不如怀念

刊于《苍梧晚报》2003 年 11 月 27 日 19 版

相　爱

如果我俩的心中

同时栽下相爱的苗

即使不能常聚伺弄

苗也会疯长成树

哪怕是冬天

遥望的枝头

同样结满忠贞的果子

刊于《苍梧晚报》2003年12月28日11版

故　乡

庭院西墙边

有一棵很老的槐树

上面那个谜面似的黑碗

下雨永远下不满

池塘里

荷菱铺满整个盛夏

一个个穿红裙子的仙女

绕池舞蹈

夕阳挂在秋天的画布上

一位老者走来

叫起我的乳名

让我几分温暖几分感伤

刊于《苍梧晚报》2004年11月16日B6版

时装设计的情韵

张连喜 笔名张景路，下肢残疾，国家开放学院社会工作专科，中文在线"一起看文学网"签约作者，连云港市作家协会会员，江苏省残疾人文学创作社团成员，作品先后发表于《中国残疾人》《连云港文学》《诗刊》《参花》等杂志，作品入选多种文集并多次获奖。

尺子谱着音符
游荡宽阔的布料
移动的剪刀唱着小曲
把心中的奇迹创造

缝纫机凑响动听的乐曲
不断延长的针迹
挽着我们的情思
拽出壮丽的河流和挺拔的小草

梦幻般的舞台上迷醉的灯光在闪烁
我们一颗颗向往的心

随着美妙的乐曲

在绚丽的舞台上空飘呀飘

刊于《东海日报》2018年"同在蓝天下"征文专刊

若有云朵恋了远山（组诗）

张玉梅 女，1970年生。80年代开始文学创作，诗歌、散文发表于《延河》《连云港文学》《连云港日报》等报纸杂志。创作理念："文章合为时而著，歌诗合为事而作"。现为连云港市诗歌学会副会长，连云港市美学学会副会长。

无 题

把无主题的醉藏到树下
把无穷尽的远归于白云

所有的一切
都在
都不在

若有高楼吹出了笛声
若有云朵恋了远山
我，又在哪？

今 夜

在一棵樱桃树下
尝了几粒樱桃
我便醉了

我看见前世遗落的种子在发芽
也听见了
石榴花在六月的夜晚说话
今夜,我
还吻了廊下的那朵玫瑰花

好吧
不成佛
也罢

桃花依旧

关于桃花
好像总与柳丝和流水相伴
在坞里,在坊间
也在西楚英雄的后花园
数千年啦
这些历史的残垣断壁里
斜伸出的　一枝枝惊叹!

而在这儿
在这朝阳升起的山岗上

云霞织就的这一场盛大的花事啊
已醉了太白多久？
西侧涧里的清流
是否　也是桃花酿就？

鸟儿不忍枝头停留
蜜蜂　却不禁在蕊中探求
我手搭凉棚伫立在光阴里
轩窗外，远方的那个人
就是那吴越的青山和点点的轻愁么

初春雪

那一朵花
就这样
从世外经过窗外
悠悠地飘坠下来

然后呢？
然后，就是
满世界
满世界
看到一个人的心情

然后
就有几只鸟儿
聚在观音庵的翘檐下
静静地
听佛音

我就在那儿

我就在那儿

静静地

看风吹

看叶子落到哪儿

看流云飘向哪儿

就这样　从晨起到日暮

从潮涨到潮落

梦　寻

我努力地寻找

寻找来时的路

前世的花朵

已敲响果实的铃铛

人如蝼蚁

在夜的长桥上拥挤得摇摇晃晃

行走在风朗气清的唐朝大街上

想念一池秋水

秋水里的

莲花开了

满世界都是　菩萨的笑

一株草

在春天的清晨滴翠

这已是我醒来后的草原……

端午这天

端午这天想念你
那几叶艾草和芦苇
载着千年的光阴　已飘至
遥远时空下的汨罗

这一天，汽车喇叭的声音也想念你
广州天桥垂沿的簕杜娟呵
是否也会念起　在遥远的北方
那谁家小院的石榴红
藏着又热烈又温暖的回忆

门前新插的昌蒲桃枝
似将军　守护在侧
想你在杂草头烧煮后的氤氲里
也曾是童真的处子

端午这天
你是四角粽的清香
你是糯米粒的甜和黏
你是隔世的思念
你是今夜的苍穹里的繁星点点

端午这天
我要为自己扣一腕绒线

也像连起了天和地
也像连起了我和你

发表于《延河》

密谋一场雪的暴动（外一首）

方 正 男，连云港市作家协会会员。1970年生，大学文化，江苏人，曾在《中国诗歌报》《中国乡村》《浙江诗人》《扬子晚报》《期货日报》《青少年文学》《连云港日报》《苍梧晚报》《服务导报》《作家故事》《安徽诗歌》《山东诗歌》《中国爱情诗刊》等报纸杂志发表诗歌。

黑夜，渐次沦陷。沉浮的余生，
幻化成冰溜一柱，憩身在黎明的檐口，折射
阳光里所有凋敝的色彩。风一阵紧似一阵。
筋节却老态龙钟、脚步迟缓。

空寂的旷野，收敛起欲望的水流。
冰冷的月光，孤独地在大地上
踽踽行走。田埂上，芦苇，也无精打采地
垂下了白首的头颅。

笃定萧瑟不是冬的本意。水是
一群坏分子，围聚在昏暗的灯光里，
正密谋一场雪的暴动。天空广施恩泽，

目光，早突破远方的围堵。

西风，备下无数的战旗和战马，
闻声而动。嘶鸣着掠过湖面。撼动梧桐。
山石抱膝而坐，静观其变。路边的松柏，
摇动心旌不知该追随哪支队伍。

密谋一场雪的暴动。是无垠的白，在天明处，
宣告暴动的成功。墙角数枝梅，正用
一脸娇羞的梅红，装点仪态和雀跃的神情，
向着雪儿诉说思恋的话语。

刊于《浙江诗人》2019 年第 3 期

雪的呢喃

鹳鸟和蕃鸢，还有在空气里巡游的野蜂。
把生动的个词，嵌进果肉和书本。
一声声虫唧和雁鸣，撕裂恋人的
一帘幽梦，成为黑色的闪电。

打开一柄长伞，撑不住夜的沉沦。
长亭更加坚定，守望远方，
一份幽怨的眼神。
月亮，乘坐返程的和谐号。在十月，
挟持眩晕的感觉，急驰而去。

不知道要什么样的偈语，才能继续，
什么样的法咒，才能轮回。
捡起一枚落叶和曾经的蝶舞。

把虚火写进秋的墓志铭。祭奠长风。
亟待重生的,是大地对雪的呢喃。

刊于《浙江诗人》2019 年第 3 期

汲水的姐姐（组诗）

莫延安 男，1970年生，1988年发表处女作，迄今在《诗刊》《中国文化报》等省级以上报刊发表文学作品400余篇（首），合著《人文赣榆》丛书《诗文荟萃》卷。系江苏省作家协会会员，现为连云港市作家协会理事、连云港市诗歌学会副会长、赣榆区作协主席。

小巷深深
井眼深深
汲水的姐姐
忙碌而从容
一条闲不住的井绳
在她健美的臂弯里
百依百顺
一只吊桶深入浅出
托起炊烟袅袅的黎明和黄昏
也掬起她似水的柔情

岁月从纤巧的手指间流过
汲水的姐姐

眸子深了又深

那个冬天好大的雪呀

从村西绕到村东

路上多了个晨练的小眼镜

两块厚重的镜片

被一根纤细的金属架担着

姐姐动人的腰肢闪了几闪

翠竹扁担洒下欢快的音符

谁的心事比井眼还深

开春了小学校路两边的花

比往年都盛

刊于《诗刊》2005 年第 1 期下半月刊

穿辣椒的母亲

穿辣椒的母亲

坐在深秋里

以一种朴质的方式

清点着一季的收成

一个个辣椒面色红润

活像群淘气的孩子

母亲微笑着把它们排成队

小家伙们推推搡搡

在一根线上挤出笑声

看得出　母亲是在

用一种宽容的目光　检阅

过惯紧日子的母亲

已不再用缝衣针和愁绪

补缀破绽百出的日子

她只是怀着一颗慈母心

一针一线

告诉孩子

红火的日子该怎么过

刊于《延河》2008年第12期

割 麦

六月里有好大的一出戏

父亲演主角

镰刀作为一种道具

在父亲手里游刃有余

围观的麦穗

都为之倾倒

父亲言传身教

孩子学得卖力

父亲仍嫌这传统剧目

我们没有演好

我们都注意到了

父亲弯腰的姿势

是另一把动人的镰刀

刊于《佛山文艺》2006年第10期下半月刊

麻　雀（组诗）

苗红军　1970年生，南京师范大学、北大EMBA毕业，2008年通过国家司法考试。某世界500强企业高管、《现代青年》杂志特约副社长。400多篇作品散见于《人民日报》《诗刊》《延河》《诗潮》《诗歌月刊》等。著有诗集《麻雀》《大地物语》。

是树删掉的一个字
因为此时，需表达夏日的寂静

画家捕捉到它
作为秋的落款

刊于《延河》2017年3月

韭菜根

老屋前菜园里的韭菜
是从沂河南岸
移植来的，就像
三婶年轻时嫁到北岸

根在哪，就扎在哪
即便是盐碱地
一样是故乡月圆
沐浴阳光雨露
长成鲜嫩的模样
三叔最幸福的时刻
是三婶端上
一碟韭菜炒鸡蛋
再陪他喝上几盅
醉倒夕阳

根须尚在，依然
是一垄垄青春岁月
三婶每月
都要去城里儿子家
总是割上一竹篮
仿佛把这一茬一茬
生命的话题
捎进孙子的记忆

　　　　　刊于《黄河》2016年

我的手机丢了（外二首）

卞成模 曾用笔名卞大成，1971年生，大专学历。连云港市作家协会会员、连云港市诗歌学会理事。自20世纪90年代以来在《连云港文学》《连云港日报》《苍梧晚报》等报刊发表作品百余篇。

有这么几天　鬼使神差
我的手机丢了
仿佛一叶扁舟　误入桃花源
乃不知有汉无论魏晋

那种幸福的与世隔绝
并没有陶醉多久
我却体会到浪迹江湖
被人遗忘的孤独

积蓄了一生的有关数字的财富
这么轻易地付诸流年
从此后　与千里之外数十年前
所有的一见如故

都将因此前缘难续

开始期待有人想我呼我微信我
既然我已音信杳无
我盼望有人来找
有人写寻人启事广而告之

后来悟到我对于这个世界
实在也是可有可无
而这个世界对于我
却是我生活的全部

现在我终于买了新的手机
如同用金钱赎回了自我
对于手机我要加倍呵护
真是担心啊一不小心
又成了下落不明者!

信

那封信酝酿已久
一直没有寄出
时间不断修改　更正了
某些字句　一年又一年
面目全非的　岂止是信封

一直担心的怕你的地址
在时光中不断变迁
窗前的燕子总是引起

我对远方的关注

那一份等待　没有了结果
你还在继续
一直等待么
那封信我又怎能忘却
它只是错过了
十年前的那一个邮戳

夜

夜是诗人
他仅仅用黑暗
就表现了深沉
明月和繁星
都是他的作品

夜是诗人
他把浪漫的恋情
写进神奇的梦
在那些梦里
有无数的
离别和相逢

刊于《连云港文学》2011年第6期

剃 头

张宜学 笔名张默枫，1971年出生于赣榆土城，连云港市作家协会会员，曾出版《快乐作文生活馆》和散文集《摘一串童年的记忆给您》。现在连云港市黄海路小学任教。

一块白布
一个洞
包裹我的全部
只露一尊圆戳
刻吧

一次次地斧正
让我盆景般地光荣
一次次地
让概念和标准冒烟
锻炼了现实的种子
在黑土地上
种植成熟的品格

刊于《星星诗刊》1999年第6期

以快乐的名义（外一首）

马春妹 女，连云港市作家协会、诗歌协会会员，1973年出生于江苏东海，本科学历，曾任医务工作者、教师多年。20世纪90年代开始发表文学作品，迄今已经在省市多家报刊发表文学作品多篇。

以快乐的名义
轻轻地，你来了
似一缕清风
给我冰爽的感觉
这个夏天也因你的到来而异常可爱
多么向往
向往那片快乐的圣土
以快乐的名义
我毫不犹豫地将自己放逐
我一直以为你会在不远处
在我的目光所及处等着我
然而你没有
我开始眩晕，心跳过速
我的思维开始混乱

我始终保持的优美姿势也开始慌乱
并且越来越丑陋
现实的引力多么巨大啊
我不由自主地下降下降
终于又一头栽进现实生活这一潭死水
甚至没有一丝涟漪
就归于平静

命运桃花

春风吹过
桃花的红颜一展
男人的好运就来了

邪恶仿佛与生俱来
充满野性的桃花　风情万种
四溢的激情经片片花瓣飞奔而出
以猝不及防的攻势
让所有的玫瑰失去血色
让传统的堡垒濒临坍塌
妩媚的桃花你多姿的爱情线
将缠绕哪一座城堡
把桃花妖娆的红抹去
这个春天将失去最迷人的部分
将虚伪贴上真爱的标签
一切都变得不可信任

姐姐的秋天（外二首）

嵇　轶　1974年生，江苏省作协会员。1997年毕业于淮阴师范学院中文系，大学时加入中国共产党并任校文学社社长。先后在《雨花》《理论与创作》《星星诗刊》《写作》等全国各级报刊发表诗歌散文及文艺评论数百篇。现任连云区人民政府副区长。

一

透过飞鸟翅羽和空气的间隙
乡下姐姐　苏北平原上最平凡的处子
质朴的叶子永远接近阳光的抚爱
泥土之上　天空之下
一盏明天的灯点到石头中去

是谁啊　在麦田守望
忠贞的姿势　执着的品格
如守望黄金海岸的一段爱情
你单薄的身影如同月下晃动的纱衣
擦亮丰满的秋天

静静的秋天燃烧着美丽的家园
家园的土地奴役着你的一生

我总想为你挑亮一盏灯
挂在你青春的树上
是谁的背影穿越了秋天成熟的花朵
感人之深　令我落泪
麦子的爆裂缘起于你的心脏
抚摸你的泪水
我摸出了镰刀与锄头粗糙的光辉

乡下姐姐
你让我想起了水边抑或田头
生长着的那些苦涩的植物

二

这些金黄的芒刺
是姐姐的麦子伸向我心灵的手
这些灼人的颜色　让我想起太阳
想起太阳下的姐姐
是如何用疲惫的眼睛
目睹麦子是如何一粒一粒变成我的血液

如今我逃离了镰刀与泥土的生活
被城市的单元和套间所包围
姐姐　你一手拉扯大的弟弟
如今躲在钢筋水泥的丛林中
以一种诗歌的方式向你靠近

姐姐啊　姐姐
家乡的麦子如今都成熟了吗?
你是不是在卖完了征购粮之后
去三十里外的镇上牵回一件
梦中的嫁衣

姐姐的麦子
我难忘的麦子永远的麦子
在遥远都市的梦中
也能听到你纯粹的歌唱
你的身影一天比一天单薄
麦子却一天比一天丰满

三

含紧眼中那一滴泪水
从坡上走到坡下
从一个村庄到另一个村庄
姐姐　喜庆的唢呐
为你敲打出一顶血红的轿子

谁的镰刀　割年割月
至今仍插在那一捆新鲜的麦秸
农历之手指向秋天
在所有通往农事的方向
我在每一行深深浅浅的足印里
听到你静夜无人时的哭泣

把一段乡路走得漫长无比
我的做了别人新娘的姐姐

上轿之前　递给我一双手做的布鞋

脚踏两片祥云

姐姐　我还有什么度不过的关山

趟不过的河流

远在风中的姐姐

远在风中的呼唤

可要走好啊　我的姐姐

在你走过的路旁

一盏一盏的风信子开成了闪烁的星星

刊于《中国特产报》1996年9月

白桦林

我们都沉默的时刻

唯有你醒着

没有背景的天空下

你的手伸向阳光

向远方的河流呼唤着什么

你的身上

生长着太多太多忧伤的眼睛

哲学不是难解的谜

仅仅是关于生和死的命题

很想与你站在一起

站成天空下孤独的风景

画面上只有空落的雪苇

闪动着一种宜人的洁白

一棵树的寂寞

是一个人的寂寞

一棵树的思想

却不是一个人的思想

我们走进了白桦林

如同走进新鲜的世界

刊于《六月》1995 年第 2 期

风吹芦花

那些片片的芦花

那些薄薄的雪　细碎的霜

那些白银一样的月光

从风中的村庄飘过来

把熟悉的辽阔暮色点亮

在这苏北的夜里

茫茫芦花

吹过土地　吹过堤岸

吹过水田里的稻草人

吹过一些朴素的东西

火焰　流水　风声

吹过我三十三年青春的记忆

这是夜里，这是贫穷的村庄

芦花　它吹动的姿态挽回多少怀念

挽回旷远的大地和无垠的天空

挽回星光下多少流浪的心

就像我无法跟在芦花的后面
练习那轻盈的飞翔
当美丽的芦花吹过我头顶时
我也无法把握
无法轻易地说出：
我留住了这一片土地

刊于《人民代表报》2002 年 6 月

如果风有方向（外一首）

张永义　1976年生，连云港师范高等专科学校文学院副教授。出版有《夜无虚席》《沉睡之书》《生死欲念》《南宋风雅词笺》等著述多种。

如果风有方向
请往南吹
深秋的路旁堆满黑暗的泥土
连同摇曳的枯草
我把它们攥紧在手心

呜咽的小河
流淌着浅浅的悲伤

我的父亲和他的父亲母亲
隔河相望
我和他们
隔着前世今生

每走一步

都忍不住要回头致意

除了茫茫的岁月
剩下的都是
耀眼的日色
苍白的月光

梦见外婆和她生活过的村庄

一个姓杨的村庄
方圆不过数里
每走几步就能遇见一个亲人
我们已经多年没有往来

那是因为你不在了

芦苇在风中摇曳
老槐树林空了
听不到一声鸟鸣
我打小桥上面经过
流水依然能够照影
桃花明年还会开放

可是你不在了
这些都失去了意义

刊于《连云港文学》2014年增刊诗歌专号

扬州慢（组诗）

育　邦　1976年生。从事诗歌、小说、文论的写作。著有小说集《再见，甲壳虫》，文学随笔集《潜行者》《附庸风雅》《从乔伊斯到马尔克斯》。有诗入选《大学语文》及多种诗歌选本，著有诗集《体内的战争》《忆故人》，为中国当代70后代表诗人之一。现居南京。

流水修剪你古老的容颜
迷恋骸骨的人从琼花下走过
越过层层叠加的历史菌菇
我们翘首眺望
苍白的祖先们围坐在井栏旁

苔藓保持警觉
肾蕨从水镜中提取尘烟
带翼山民负琴而出
广陵散，血染的云朵
迷离于巷间之间
抱薪者点燃微暗之光
——次性的火苗

只为他自己

在水的黑夜中
我们凿穿火焰
在小夜灯的指引下
我们沿鲜花木梯向天空攀爬
偶尔回过头，俯视河岸

刊于《诗歌月刊》2019年第3期

高公岛
——呈蔡勇、傅野

海的舌头被堤坝所切断
他呜咽，静默
风暴直抒胸臆
解析着我们的夜晚

纯真的黄昏抽出镰刀
越过楸树林
走向黑色的麦田
收割海洋花园里的星辰

在海鸥隐遁的岬角
水的燧石保持微笑
——他恪守着祖训
等待着他的时刻

漂木标记着那片被拯救的港湾

欲望炼金术在巨浪中退场

看啦，那只幼小的信天翁飞了过来

晦暗的溪流正在辰光中苏醒

刊于《诗歌月刊》2019年第3期

木匠的儿子

人类在傍晚的时候

失去了一个形象

具体情形，已无从考证

木匠的儿子

为了摆脱木匠的命运

打造一具绞刑架

（哦，做成了十字架）

它升降，从不停歇

成为永恒的梦境

保留在我们贫瘠的记忆中

刽子手的胡须上沾满鲜血

维罗妮卡悄悄打开汗巾

寻找那唯一的形象——

没有眼睛

没有嘴巴

白鹿放归青崖

香客在芭蕉树下焚烧偶像

每一面镜子中

都看到了木匠的儿子

没有眼睛

没有嘴巴

我们隐讳地承认

人人都是木匠的儿子

刊于《诗歌月刊》2019 年第 3 期

天山骑手

折翼天使骑着他的栗色小马

从博格达雪峰逶迤而下

松针铺落天山路

沿途的云朵纷纷避让

大雪纷飞的深夜

哒哒的马蹄声在幽谷中清冽地回响

他寂寞地寻找——

从他虹膜里驰骋而过的少女

哦，请不要想念我

我不过是一朵冷漠的天山雪莲

在星辰暗淡的时刻

抓住那短暂访问的彗星

上升，上升

错误的身躯一直升到神仙们的庙宇

骑手像走丢的孩子一般

在马背上轻声啜泣

他停下来

听到寂静的大海

在苍老的月光下低声吟唱

哦，请不要寻找我
我整夜漂浮在不倦死亡的湖面上
我焚烧时间的床单
天山之瓮盛满尘埃和虚无
那里有一颗心灵
曾经完全属于你

刊于《诗歌月刊》2019 年第 3 期

夜访鸠摩罗什寺

我从西方来
我从喧嚣中来

夜雨滴落在梧桐树叶上
在汉语中，我安下一座隐秘的家

薪火只能摧毁我们的形骸
舌头终将化为舍利

我们成为自己的供奉人
供奉舌，供奉语言

不可言说的
皆密封于塔，深埋于地

无所住心者
在塔下徘徊

刊于《诗歌月刊》2019 年 3 期

归去来兮

大雪封山,星辰陨落
你点燃十字架
在火的卷宗里
阅读朴树的往事

你扛起铁锹,走出家门
缄默的夜莺在树林里鸣叫
青山更加寂静
灰喜鹊的会议无休无止
在凌晨,你一锹下去
挖开藏匿在镜子深处的谎言

野兽从他们的巢穴中窜出来
风所雕塑的骸骨艺术走进博物馆
世界正在衰老
万物的主宰者已疲惫不堪
你在烈火中祈祷
毁灭吧,新的七天就会降临
你在流水中祈祷
归去来兮,一切皆归于零

在时光阡陌的尽头
地下热水汩汩流出
脱光衣服之后,我们凝视
赤裸天使在热气的迷雾中飞升

刊于《诗歌月刊》2019 年第 3 期

两只酒杯（组诗）

清荷铃子 本名祁宏玲，女，70后，江苏省作协会员。有诗作发表在《诗刊》《星星》《散文诗》《扬子江》《散文诗世界》等报纸杂志。诗集《清荷铃子诗选》入选江苏省作协2010年首届"壹丛书"文学工程。获首届和第二届"花果山文学奖"，第六届"中国散文诗天马奖"。

从一朵花到一匹马，再到乡关和日暮
两只酒杯终于安静地坐在一起
万物，环绕着酒杯
掠过两个老人亲切的脸，深藏于完好的笑容下
喇叭花因过于羞怯而关闭……

酒杯握在温暖的手中，有了迟疑、颤动和美好
而不再有冷漠、分离和伤痛
两只酒杯不再倾诉
只是将对方斟满，只是让乡村微微有些醉

两只酒杯对饮，是甜蜜和幸福
是欲望和希望，是月亮的升起与落下

是层层波浪堆积起来的"晨曦"

人世间此消彼长,两只酒杯清醒又迷醉
依然面如满月,依然圆润如水滴
两只酒杯在小小的乡村
将一生一世的情爱,慢慢喝到了最好

刊于《星星》诗刊 2011 年 12 期

走在一道斜坡上面

走在一道斜坡上面,你开始慢下来
这不是谁设置的陷阱
这是你人生的必经之路

你的脚步慢了下来,你的爱慢了下来
所有生活的节奏都慢了下来
你必须用身体前倾的力量,向前奔走

这是生活的中间部位,也是人生中年
一边是初生的故乡,一边是终老的异地
你凝望的城镇,它们慢慢隐于暗夜
你的内心被熄灭的灯火拉出
一道向上的倾斜的弯钩

你思考着山巅的风景,触摸心钩里的车辙
左脚刚刚放下,右脚就必须沉重地抬起
你弓一样地弯下腰,又害怕自己像一块石头
突然滑落到生活的底部

走在一道斜坡上面，你很小心，也很吃力
看起来很缓慢，像静止。
突然的一道光线，倾斜地划过你的眼睛
你握紧手中的绳索，身体忍不住晃了晃

刊于《扬子江诗刊》2011年第5期

不知深浅

两个人坐着，坐着，就变老了
月光也老了，晃动着，像烛泪滴在枯草上
烙出生活里许多伤疤
关于往事、片段、背影，和一个个回眸
我把它们安放在白云深处
它们风轻云淡，或不知深浅

我们老到一杯清水喝成酒的年头
这样的夜晚，我无数次看到时间的流逝
看到万物藐视生死，看到无数个人的鼾声
像无数个变形的梦，拥挤在回家的路上
多少年了，我们固守着身体里的白
堵住生活中一个个漏洞
我们坐着，被历史忽略，被万物忽略
仿佛我们就是历史，就是万物

微风吹落了喇叭花上的露水、阳光和颤动
吹落了你发间一寸寸月光
它们滚落到村庄的深处
像一缕缕不曾远去的炊烟

蹒跚在人间

　　　　　刊于《诗刊》2011年4月份下半月刊

乖，慢点开

我在他面前一瓣一瓣地开了
他一边催促着我
一边说：乖，慢点开

我是他胸口最大的那朵
怎么也压抑不住
我也心慌，担心开得太快
还有点怕，怕开过以后
香气四散，他会转身走掉

我还是要开，在他的胸口积压得这么久了
再不开我的花期就过了
多想让他看到我盛开的样子
哪怕只有一小会儿
只要他说一声：乖，你真美

　　　　　刊于《扬子江》诗刊 2010 年第 6 期

春天的梯子（组诗）

徐　凝　男，1973年出生，江苏连云港人，江苏省作家协会会员。有诗文见于《诗歌月刊》《绿风》《北方作家》《短篇小说》《黄河文学》《佛山文艺》《都市》《散文诗》《中国诗歌》《扬子江诗刊》等，并被报刊转载或编入文集、中学校本教材。

"岁月的风沙在月光下散步，
谁的眼泪挂在灯盏的边缘？"
曾经，我们怀揣着呓语与梦想
在海边寻找通往春天的梯子

那些遗落的星光与鱼群
那些在蔚蓝色迷宫里走失的哨音
大海涌入了内心，涛声漫过了头颅
柔软的沙滩，潜藏的记忆已无法复原

"让火把一直照亮心灵的暗角……"
低首捡拾今世的卑微与惊慌
我们的脚印随即被流水带走

像心底的一声呐喊,转瞬消失在天际

而在今夜,大海的睡眠依然沉静
踏浪而行的人回到家乡
身后,腥咸的缓慢的时光
"一条路,在鱼的白亮的脊背上跳跃……"

刊于《五台山》2011 年第 9 期

黑夜(组诗选一)

睡梦穿着宽大的袍子,掠过
起伏的庄稼和村庄,和黑夜一起
轻轻罩住灯下的人。可惜它的袍子太小
像一切夸夸其谈的谎言
它不是对所有的人都有效
那些在夜色里躁动不安的人
怀着什么样的阴谋,要把黑夜
撕开一道口子,滴出生活的汁液

深广的星空,巨大的沉默让人惊悚
河流的声音,水草拍打着沙粒
大地的唇吻湿润而冰凉
那些越过栅栏的马群,在月光下
转身而去。焦灼的人看不见这些
他们在低低的回忆里感到痛苦
只知道把头低下来

刊于《诗歌月刊》2003 年第 5 期

月光的通道

我想打开一条月光的通道,让记忆
爬上荒凉的额际,许多年以来
我深陷其中。一段欲说还休的秘密
像一条小虫子,啃噬着时光的碎片

"谁在睡梦中喊出了她的名字?
无法触摸的,尘世深处的一声微响……"
你所知道的草地、河流、飞鸟的翅影
全部隐藏在一盏烛光流泪的根部

在白银一样的国度,月亮的湖面
歌声,栖息在灵魂缠绕的树端
一个人去了山冈,在静谧中采撷
身影倒映水中,而后翔舞于云霄之上

我通常会埋下暗淡的脸庞,月色里
无法说出幸福或者疼痛的样子
如果像风中的絮语,带着满坡的花香
"或者说,你所知道的,其实全然不在……"

刊于《中国诗歌》2011年第12期

大雪纷飞

今夜大雪纷飞。比雪花来得更早的
依然是北风,比北风来得更早的是母亲
——从院外背回一捆干柴的身影

黄泥小火炉，炭木爆响的声音
加剧着老屋的寂静。灯盏悄然点亮
几声轻轻的咳嗽，吓退了暮色
黑暗从墙角缩到门后，而后一溜烟
夺门而出。夜晚来临

今夜大雪纷飞。故乡四野苍茫
是谁在冷风里吹奏？时远时近的
似乎来自大地的胸腔，又像
母亲的衣角还继续在风中翻卷？

有游子在深夜回家，而大雪纷飞
有一种温暖在脚下吱吱作响；雪花凌乱
而内心已经平静。他从南方来
他要把遥远的一缕月光和满腔的思念
带进家门，一起送到母亲的床前

刊于《绿风》2016年第4期

洞 穴

这是个燥热的午后，我看着你
推门而出，站在院子里
黑色的蕾丝裙摆像细小的波浪

"栀子花已经开过了，
看，那边又冒出了新芽……"
你的臂膀上白光晃动，惊醒了
云层后面隐隐的雷声

你身后的苋菜,我已经浇过水了
宽大的紫红的叶片,这丰满的、卑微的
植物,能流出血一样的汁液
和一整个夜晚难以安分的闪电

请你的脚尖避开一只蚂蚁的行走
它在抓紧时间赶路,就在不远的高处
有一只小手会迎它走进洞穴

刊于《扬子江诗刊》2019年第1期

最初的（组诗）

夏大勇　笔名叶开，江苏叶开。江苏连云港人，江苏省作协会员，中国诗歌学会会员。作品散见于《诗刊》《草堂》《星星》《扬子江诗刊》等报纸杂志。

我由四十年的寂静、悲伤、沉默和无知组成。
我是被丢弃荒野的轻歌。
白茫茫的芦花一片，那其实是雪。
那其实是，你刚开口，就被风呛出的泪。
有的人躺一会，他就会离开，更多的人再没有起来。
我在忍耐中收集的羽毛，它纷纷燃烧。
黄昏过后，月亮很快又将升起。
它孤零零地悬挂于苍穹，它苍白的脸千年不变。

刊于《草堂》2017 年第 11 期

归　途

我吹口哨，我的马就会归来。
它身上有好闻的松枝味。
它很瘦，可难掩喜悦。

我摸着它的鬃毛,那生长风的地方。

我的马驮着草原,却无家可归。
它眼中起雾,那有我无法说出的一切。
可它身上有好闻的松枝味。
我掷向水面的空瓶子,它替我带回了大海。

我每天都在小心地提防老去。

我每天都在小心地提防老去。
我不看鹰的死亡,马的背影。
我偏爱那些横生的枝丫。
我期待眼中有湖水的人。

阳光再一次穿过窗帘,准时地
把尘世画在白墙上。
这是静谧的午后。
我放在桌上的空杯子,它发出破裂的轻响。

刊于《扬子江诗刊》2018年第2期

早 安

推开窗,就看见了山
一个温顺的故人。他说
早。
风铃就动了一下。
他又说
祝你有美好的一天
他的声音安详

我通过鼻息间，嗅到的一缕清香
接受了
他的祝福。

致诗歌

我知道永无法抵达彼岸，这词的密径。
死亡也不能。
我一生只为了
证明一件事：我的徒劳。

那匹桀骜的野马
它烈如火焰。
唯有沉默使湖水更加波澜。
暮年

他已习惯，把话放嘴里
嚼碎后
再生生地咽下去。
这过程产生秘密。
使他觉得自己还是个
有价值的人。

他坐在轮椅上
盯着眼前斑驳的墙。
影子在微微颤抖。
像死亡用力将他
往远方拉。

刊于《北方文学》2018年第12期

纷繁的思绪（组诗）

于红艳 灌云县广播电视台《看点》栏目组编导、灌云县作家协会副主席，有多篇作品在报纸杂志上发表并且获奖。代表作有《映日山花别样红》《永不愈合的伤口》《一山花果满山香》《爱说谎的妈妈哦》《最贵的手镯》《那一年》《桃花又开了》等。

声声叹

春甚远
书未寄
痴心落花和泪辞
魂断秋风里

倚门望归期
斗转星移
二八佳人八二时
闻不见郎铁骑
空有忆

一树桃花万树梨

回　眸

为什么
等了这么久
依然听不见你的脚步
不眠的夜啊
你在为谁停留

爱过
恨过
聚过
离过
一切都是过去

孤单的我
在
回眸
那一首情歌

一个人的恋爱

相思长
长相思
日日思君君不知
相见无节期

相见难

难相见

日日见君君不见

相思两条线

泪空长

爱空长

历历往事葬心房

只是梦一场

竹

冬不畏滴水成冰

夏不惧赤日炎炎

中通外直直

节节玲珑心

且蔓且生

婆娑缤纷

展高风示亮节

不与树争荣

不与花竞艳

不以境优而优潇潇洒洒

不以境苦而苦虚怀若谷

亦柔亦刚

亦刚亦柔

伸伸屈屈屈屈伸伸

四季翠颜不改

万年青色葱茏

锈迹斑斑的门

无意间
你打开
那一扇沉重的门

无意间
你抖落
窗台上的滚滚红尘

莺歌燕舞　似梦还仙
从此走不出那一路风景
从此
关不上
那一扇锈迹斑斑的门

不该爱的季节

缘太浅
情太长
相思两茫茫
心受伤
愁断肠
欲语泪千行

海誓山盟字铿锵
怎奈天意弄人
挚爱揉成一片片

细碎月光

盼来生
再相望

刊于《连云港文学》2012年第五期A版

一个城市和一个城市之间（组诗）

吉祥女巫 原名秦爱云，江苏省作家协会会员，《现代青年》2017年最佳诗人。有作品发表于《诗刊》《诗选刊》《雨花》《海外诗刊》等多家报纸杂志并入选各种年度选本，出版有个人诗集《隐秘飞行》《镜像》及散文集《缭绕》。

向南，行程600里，为临时站点
异地的声音还响在异地
该近的，没有走近
不该远的，更加遥远

在这个温暖的南方城市
我却开始臆想北方的寒冷
期待能有一场熟悉的雪
覆盖一个赤裸的灵魂

臆想着南方一公斤的炭火
和北方一立方的冰
如果可以意外相遇
究竟会燃烧，还是融化

臆想一个城市和一个城市之间

最大极限的亲密和疏离

揣测脚步、车船或者翅膀

谁可以最快地将距离缩短

臆想需要多少个 600 里

才可以真正走进一颗心

多少个 600 里

才能够找到最初或原点

刊于《诗刊》2012 年第 3 期

时　差

一

世间所有"时差"

都是为迎候而备下

命运总是不紧不忙

在各种间隙里

埋下诸多含混不清的线索

等待意识复旧的人，前去追寻

而我，注定只会远离任何尝试

只热衷于久别及重逢……

二

一切都变得有些失真

灯影，镜像，空杯，书本……

若有若无的滴答声
从无限处来，又到未知处去
仿佛逃躲，也仿佛追随

"时差"忽而变得极其隐含
悬浮许久的记忆
似乎又找到了，新的附着物……

三

仿佛是一把密匙
时间的落差
唯苦涩和冰冷方可消解

在一杯咖啡里
继续，小心地藏起那个
始终躲闪的字眼
几回回刻意着，要与眼泪为敌
比起世间所谓的仇怨
那些面对面时的想念
才更像是，鲠在喉中的骨头……

刊于《中国女诗人2018年选》
《女子诗报年鉴》2018年

我爱你

分明听见平地的惊雷声
之后，所有的玉兰，都开了

"我爱你……"

这是一个悬念
可怕与可爱的成分，纠缠数载，
终未能分出一个，胜负输赢……

"悸动的意念，才只是轻轻流转
瞬间，就已然化作永恒……"

还是继续说说玉兰吧，看！
不觉中，它们早已坐满春的门庭
我猜，最是浓烈的那一群
必是来自火焰的故乡
而最是清寂的那一个
很可能就是蜡炬的灵魂……

刊于《现代青年》2018 年 2 期
《女子诗报年鉴》2018 年

蝴　蝶

凌晨，半梦半醒中
一只蝴蝶，翩然飞入梦境……

河边的野菊花已然成精
它幻化为书本、电脑
勒令辛勤的蝴蝶置身其中
野菊花也会变成餐桌、会场、方向盘
变成许多许多不停改换
不断重复的目的地……
有时，野菊花也会变成一张
能够自动旋转的床

把自己转晕了，它就会停……

我很喜欢看见那时的蝴蝶
休闲，自在，完全放松的样子……

刊于《女子时报年鉴》2018

醒　来

乘坐着时间的白马
从一扇门
进入到另一扇门
就这样，不间断，仿佛重复
步行的速度，车载的速度，闪电的速度……

从四季，从昼夜，从前世今生
之中，一次一次醒来

我说的，是一颗被温暖的心
和它所滋生出的"爱"意……

刊于《女子时报年鉴》2018

与心书

亲爱的悬浮者
请继续持有那最初的玄妙
别让它过早地离开，美好的枝头

请留下余地和时间
让清风，云朵，流水，鸟鸣

都来得及清醒，且可全身退回到，未曾之处

已然存疑的，不妨再多一些观望
犹豫及徘徊的节奏，尽可能拉长
别急着去喜欢或爱上

以洁而来，以净而去
我希望你始终都从容镇定
半点也不沾染尘世里，多余的惊慌……

刊于《女子时报年鉴》2018

白T恤（组诗）

李厥岩 1976年出生。现为赣榆区市场监督管理局办公室秘书。江苏省作协会员，赣榆区作协副主席兼秘书长。在《人民日报》《大公报》《新民晚报》《扬子晚报》《延安文学》等报刊发表各类文学作品3000余篇（首），获得表彰荣誉若干，有部分作品入选文集。

白T恤和你的单车
仿佛就在我的眼前
而背后是广阔的海
家乡的海风拂过你贝克汉姆式的头发
你的微笑像那白色的浪花
日夜翻腾在我的梦境

我看见
在许多年前不可预测日子里的你
却无法看见许多年后命运多舛的自己
而你依然年轻依旧风度翩翩
可有些人已经逐渐被你所淡忘
就像我所淡忘这样一个明媚的清晨

我被你的目光轻易掠过
像是划过心尖的一块玻璃
白T恤和你的单车
连同晃动在人潮如海的街头
那阳光男孩般灿烂的笑容
每笑一下便牵动我疼痛的神经

弟弟　你曾说过
跳出龙门后便不再回归故乡
可你却以这样一种方式
长眠于故土
你没看见我的忧郁与父母的悲伤
我也只看见你依然如初的笑脸

在这个寂静如初的清晨
我被你围着黑纱镜框里的目光所缠绕

刊于《扬子江诗刊·江苏诗卷》（2013年增刊）

致　蝉

薄如蝉翼的一生
一半是哑然自缚
一半是声嘶力竭

无论定力多么十足的隐士
在炼狱般的黑暗中蛰伏多久
只需一场雨的滋润
一束阳光的抚慰

再坚硬的心壁也会坍塌——

高明的隐士，并不在乎与世隔绝
也不在乎有多少唱和的知音
这薄如蝉翼的一生
一半用来出世，一半用来入世

经过多年洗涤的灵魂
承诺变得更加掷地有声
多么漫长的黑夜
终归能迸发出生命的绝唱

现在，就让我们仔细聆听
在这亢奋的腔调里——
有多少声音非是"居高声自远"
有多少歌唱非是"徒劳恨费声"
有多少吟哦能一点点撕裂我们灵魂的壳

有些信仰，再长的等待也是短暂
有些生命，再短暂的一生也是辉煌

刊于《北方文学》2012年第6期

江 湖

时光一缕一缕，向苍茫处扩散
倒映的蓝天被撕裂成支离的碎片
当我置身这巨大的眩晕里
年轮的镜面，在光怪陆离中
忙碌不迭地追问——

一个枯槁的面容

"人在江湖，身不由己"
对于生命的质地，我只求尽力撑住
一把竹篙，稳住淡然的心神
然后，小心翼翼地去打捞未知的幸福
如果我还缺乏前行的勇气，也不妨
把酒一碗，泯尽这诺大的江湖愁

对于爱情，我更不敢有什么奢求
不敢肆意在这流年的哀乐声中
荡漾激情。我只求守住自己的一叶孤舟
你有你的天涯路，我有我的海角
在漫漫涟漪里，我尝试着用三生坐望于
光阴的两岸，相忘于今世的江湖

刊于《赣榆报》2014年12月28日

细雨中的水流村（组诗）

赵秀英 法律本科，管理学学士，省作协会员。爱好阅读和写作，近年来有诗作在北京、河南、广东、四川、江苏等地数十次获奖。

雨水晶莹。清澈的河流和小村
都在细雨里生长
她们是早年的蝴蝶、燕子、蜻蜓
以及青草和花朵的芬芳
家雀的喳喳声里
牧童隔着院墙朝我憨憨一笑
然后悠然地赶牛出村
渐渐淡化为山水画里的古典意象

细雨中的水流村
赐予我湿润、晶莹、舒展
这简单、生动的流水
携带着落叶、灰尘、倒影、星辰
用流动记录着光阴的过往
令我不能不以同等的敬畏

对待消失或是成长

幸福和忧伤就是横陈溪上的小桥
就是这溪水的寂寞和清凉
此时水流无声
我按住怦怦直跳的心脏
像一块走进溪底的卵石
不敢弄出半点声响

白沙墩

这古老的村名,有着一把年纪
像草在林中,虫在草里
坡田,水塘,炊烟,土路
小到再小,低到再低
像这个早晨
数不清的花告知我一人的秘密
草木流水茅舍构成的过去
隐蔽着许多周而复始的农事

三月风带来春天的笑声
坡上,便一点一点地披上绿色
不规则的梯田和平缓的沙地
隐现在汗水打湿的庄稼里
从村头走过村尾
是穿山越岭的几条沟溪
过去的岁月,被山洪冲走
仿佛幸福从来都没有远离
但没有人会拔高它

它也不在乎人为的忽视
就像居留在城里的我到了这儿
还是多年前老槐树下读书的女子
白沙墩，连着童年、美好
总是离我很近
依然是我眼中一粒洁白如玉的沙子

牛岭飞出的白鹭

一行白鹭上青天。白衣胜雪的你们
洁白无瑕的翅膀
把时光分成梦幻和现实
此刻天空依旧蔚蓝
你们从青天之下的山岭飞起
拥着一阵又一阵的微风
多像一群顽皮的孩子
滑向了山下的田野——
稻花正香，你们盘旋在那儿
像撒开的一张网，忽落忽起
三两声清凌的啼鸣
春雷一样，让多少悠长和风
变成了雨丝的细
作为人类，我和你们
虽有着不同的来路和莫名的去处
却都在无边的天地间等候未知
在你们飞翔的片刻
我忽明忽暗的心
接近了真实的自然和真实的自己

龙洞庵

那个点燃香火的比丘
会不会是我千年前的老师
我无法记清,过去这么多年!
但我相信她是菩萨转世
我爱她们。在尘世
这个无色无味的上午
我想起古代的山寺
想起一千年前寂寞的海水
在山脚的喧嚷和静寂

——那该是些太古的往事
而今生,我一个凡俗的女子
感时溅泪,恨别惊心
山道上怜惜半黄半绿的落叶
在庵中的糯米茶树下回顾过往
感叹光阴的流逝
流苏细密的香,在一炷香的静谧中
又让我平静如水

石棚山的桃花

桃花的脸颊儿红润
桃花的模样儿俊秀
可宋朝的海州却显出了孤苦
掷射黄泥裹紧的桃核的浪漫
其实是报国无门的无聊

良相良医都做不成
种出的桃花才像石通判的苦笑
怀抱桃花,远离高高的庙堂
鹏程万里的理想始终忘记不掉
后人轻浮或沉重的赞誉和向往
是一条背道而驰的塔山古道

时光能不能倒流
我们的怀念怎样才能让自己知晓?
三月,石棚春风带来桃花
又把桃花的妖娆一点一点吹跑
桃花啊尽管热烈如火
却总是开也悄悄,落也悄悄
它明白,石曼卿之前和之后
它怎么开也都只能在山中终老

秦山岛棋子湾

亿万年前
洪荒曾经颠覆过
楚汉相争如此
沧海横流也不过如此
凝重如圆日的棋子
也曾想抽身离去
可却身不由己
只能在海滩的棋盘上
疼痛,战栗……

棋子湾,从什么年代开始

被谁反反复复的摆布
又被谁一层层剥离
快乐和痛苦，顺着
敲落的灯花推进转移
今天谁是一颗挣扎得轰轰烈烈的棋子
今天谁不是一颗挣扎得轰轰烈烈的棋子
但如果没有波浪，谁能听见
秦山岛潮湿的叹息

刊于《诗选刊》2014年2期"中国女诗人专号"

柳乡姑娘（两首）

朱崇珏 男，教师。1976年生，爱好文学，曾在《诗词》《中国教师报》《连云港文学》等报刊发表作品。作品曾入选各种选本，现任教于苏北某学校，连云港市作协会员。

我常常会想起我的家乡，那里是远近闻名的"杞柳之乡"，田地里到处是嫩绿的杞柳，随风飘摇。还有一群美丽、善良的姑娘，用她们勤劳的双手，编织出一个个筐篮，出口到国外……

——题记

编　织

流水潺潺，柳丝飘扬
那是我美丽的家乡
家乡的人们呵
勤劳智慧，热情奔放

在河边，在树下

那群美丽的女孩
在忙着编织，一根根柳条，
在她们手中上下飞舞

一会工夫，就会织成
一个精美的花篮
腮边的汗珠
也无暇擦拭

从不喊累，从不嫌苦
一天天，一年年……
——创造了无数财富
她们挥一挥手
就可遮挡一片阳光
捶衣
捧一捧沭河水
轻轻吮吸细细品尝
胜似多年的甘酿
甘甜清凉

望一望，河边的那位小姑娘
重重地捶衣正忙
一下、两下、三下……
背上的辫子不停地晃！

河水流，流不尽
我的思绪绵长
辫子晃，晃不去
你在我心中的印象！

你累了吗?
河边有树为你遮凉
风,会轻轻地
抚摸你的脸庞
进城
她生在柳乡
长在柳乡
外面的世界
她常想象

那次进城
她走进了舞厅
地板上到处是
高高的鞋跟……

刺眼的霓虹灯
使她一阵眩晕
那些人们的舞姿
很像风中的柳丝

她看了一会
终于逃开
——这个地方
无法久待

我们居住的地方
什么时候变成了这模样?
帅哥、美女

你们怎么这样怪?

回首望,所住的柳乡
已变了模样
未来呵
该怎样畅想?

刊于《连云港文学》2016年第8期

柳　丝

不知何时
柳枝上有了你的影子
你来得
悄悄没人注意

是报春的使者
带来春天的气息
你黄里透绿
孕育着无限春意!

思——
杨柳依依柳絮飞舞
引发我的思绪
漫天飞舞!

刊于《临沂日报》2007年3月11日

我们，为春天代言（组诗）

徐继东　二级作家，灌云县作家协会主席。出版著作24部、200多万字。包括留守儿童系列小说三卷：《那油菜花开的日子》《乡下孩子与城里娃》《山村小学的纸足球》；短篇小说集四卷：《扇动花香的翅膀》《魔仙堡的妖精们》《亲亲守护我的梦》《星星泪水是露珠》等。

桃花庵

桃花庵里从不备酒
你来了
也只能一杯清茶款待
还有满天清粼粼的月光

坐禅与清谈
其实都一样
一边细斟慢饮
雪芽的清香
一边随性漫谈

群山矗立的冷峻孤傲
大江东去的热情奔放
还有柴米油盐的窘迫
琴棋书画的疏狂

但有一点你可要记住了
在桃花庵里
不要再提红尘里的过往
许多的章节早已淡忘

桃花梦

当我梦见桃花的时候
你还在远方
也许你正在踏青的路上

闭上眼睛我就能嗅到
你衣袂上沾满了
泥土的清香
和漂泊的忧伤

从滴水成冰的寒冬
到春暖花开的三月
千里迢迢啊
开花的渴望
早已遍体鳞伤
在酥软的麦田里奔跑
我这五音不全的嘶喊
能不能唤来

花团锦簇的和唱

桃花涧

都是饮酒的凡人
三杯两盏之后
春风的耳语
温婉的鼻息
还能把持多久
心动了
桃花自然就开

漫山遍野的粉
在阳光下欢颤
是谁呀不知深浅
在桃林深处弹琴
花瓣一样的音符
纷纷扬扬
沾满古旧的窗棂
心平气和的木鱼
猝然窒息

桃花的心事

可有谁真正读懂
桃花的心事
必须在春风萌动之后
必须在一场小雨之前

就在这短短的
几寸 光阴
密密匝匝地铺陈
毕生的恋情
雨水漂洗的相思
就是褪色的相思

桃花
争分夺秒地绽放
只能忍痛割爱舍弃
许多面红心跳的情节
都来不及细细整理

葬 花

其实
那个弱不禁风的妹子
一直就没有走远
她始终站在桃林深处
孤孤单单地
站在斜风细雨里

雨水
是最贴心的闺蜜
善解人意地
为人化解困窘

葬花的人
就是用泪水埋葬

希望与爱情

千万不要用泥土覆盖啊

太硬了

心疼

刊于《今日文艺报》2016年9月15日总第101期第二版

父亲镜头里的西双湖

顾莉敏 江苏省散文学会会员,江苏省连云港市作家协会会员,连云港市杂文协会会员,近年来创作并发表了许多优秀的作品,多次在征文中获奖。

在上世纪的七十年代初,
父亲狂热地迷恋上了摄影。
西双湖畔拉二胡的文艺范儿,
碧波荡漾的湖里尽情戏耍的孩童,
湖面在阳光照耀下显现出夺目光彩,
好像西双湖里藏了无数的宝藏,
等待东海人民去探究去挖掘,
此景此情激发了我父亲创作灵感。
一恍到了二十一世纪初,
父亲相机里西双湖扩建的图片激增。
工地上彩旗迎风飘扬,
推土机、运土车在工地上来回轰鸣,
彰显出撸起袖子加油干的火热场景。
华丽蜕变后的西双湖越发楚楚动人,
规模浩大与杭州西湖相媲美。

父亲背着相机频繁穿梭于西双湖，
把人景交融的璀璨定格在至美一拍。
西双湖似乎有一种神奇的魔力，
所有的不安和不快在畅游中能化为无形。
任天外云卷云舒，
忘记了尘世间的喧嚣和纷扰。
闲暇我翻看父亲电脑里的西双湖图片
她记录了西双湖几十年的变迁，
凝聚了几代人美好的回忆，
也是西双湖光辉岁月的有力见证。
西双湖是一幅画一首诗一部书，
每个人都能从她的美丽画卷里，
领略生命的曙光，
感悟生活的神韵。

刊于《连云港文学》

放飞春天的畅想（外一首）

刘笃瑜 江苏省作家协会会员，大型诗刊《中国风》副主编。在《人民日报》《中国经济时报》《文学世界》《散文百家》《南风》《参花》《扬子晚报》《华人时刊》《连云港文学》《牡丹》《唐山文学》等报刊发表诗歌、散文、小说、报告文学数十万字。

融融春日
和风入怀
柳条飘逸
托起春光的气息
灿烂盈笑靥
听万物心声
赏草木大地新

鸟儿闹枝头
蝶舞碧林中
高处桃花红
娇妍争宠粉漫天
低处野花绽

星星点点撩草青

丝丝杏花雨

沾衣欲湿

催发芽枝贮春意

青翠勃生机

芳菲艳欲滴

捕捉一缕芬芳

寻找一丝清香

采一叶嫩绿梦想

摘一朵含苞憧憬

张开多情双臂

放飞春天畅想

刊于《牡丹》2017年第5期

荷塘晚风

月色柔似水

流光粼粼

荷叶轻摆裙角

娉婷荷花纯情微笑

摇曳婆娑倒映

几支莲蓬簇拥着花蕾

炫耀往日娇艳

低唱的蟋蟀

轻奏忧伤乐章

大腹便便的螳螂

轻抚泛黄的荷叶

望月流下晶莹露珠
多情善感的花蕊
不留神散落了花瓣
惊醒梦中鱼儿
溅起思念的涟漪

      刊于《牡丹》2017年第5期

恍 惚（外二首）

霍 丽 1979年出生在苏北一个美丽的村庄，勤劳的父母给了她坚韧的理由，淳朴的民风让她的生活简单安静。她从小就喜爱文字，喜欢夕阳西下的美丽忧伤，喜欢在单纯的日子里，看着远方，听心底的落叶飘飘。

昨晚睡迟，今却醒早
搬起沉重的肉体，看窗外
星群暗淡，晨光熹微
一种悬虚，恍惚清冷人间
疲惫不堪的皮囊转身，走远
不见……

喧嚣慢慢隐去
晨雾迷离，惊扰了河水
灵魂浸入蓝色的地平线
海水深邃，拥吻着前世、今生
撕扯、纠缠摇晃的桅杆

抚摸天堂的脸

双手合十，虔诚

挤压心底深处的最柔软

当东风无奈，百花不言

宿命感叹，声声缓慢而悠远

冥　想

抬头，望着昏黄的顶灯

黑洞式的冥想，把我深深埋葬

那些，原来守之以命的琐碎物什

都失了模样

幕已落，戏正收场

昏暗中，流浪的歌还在轻唱

血色的红酒来回游荡

一只麻雀，身上落满雨水

天亮了，仍然忧伤

我拾起一枚枯黄的落叶

贴在微温的胸口上，等待

春风至，蝴蝶登场

吹吹风

想去吹吹风，最好微雨忧伤

触摸黑暗来临前的瘦弱

波澜声声逼近

我在安静地等待

胸腔里栽满枇杷
秋霜奔跑在灯光下
一颗星星吸引了所有的美好
哭泣，竟也有了另一番模样

风还在吹，泪滴飞扬
快活的刀子亮出了前世的光
隔断所有的出路，切碎情网
昏睡过后，坟墓缓缓打开
露出我们的苍凉

哭醒以后，回望
路依旧，草木枯黄
莲，还在北方的雾中摇摆
不喜不悲，不语

刊于《连云港文学》2018年诗歌专号

感谢伤痛（外一首）

沙漠胡杨 原名赵建红。像沙漠里胡杨一样的沧桑也一样的坚韧不拔。文学是灵魂的翅膀，带着心绪肆意翱翔；用文字作为音符谱写生命赞歌和人生篇章。连云港作协会员。诗歌、散文、小说等散见一些报纸杂志。偶有小文获奖。

你给我的像烙印
深深地烫在灵魂最深处
我不敢轻易打开
但永远都在

在那个麦熟季节
我一生最青春的年华
如同黄灿灿熟透的麦子被割下
一夜间
改写了那个天真烂漫纯真女孩
最后面那个字
之后就是噩梦的开始

麦子发芽了

绿了又黄

一如萌生的一个个希望

一次次被摧毁

麦子就是麦子

永远不懂树的远望

而我

势必做一棵树

即使你挥刀一次次落下

我只将伤疤累积成更坚硬的盔甲!

感谢伤痛

在一次次摧残中历练了坚强!

恶劣的环境使木质坚硬

树越大越不招摇

静立风中看麦浪翻滚

看吧

麦子又金黄

刊于《连云港文学》2016年11月上总第303期

搏　夜

黑夜牵着梦在灯光里燃烧

于是青丝在诗句里跳跃

文字隽永出翅膀

像一只飞蛾

一次次撞向灯火

月亮一点点消瘦

因为太疲惫

从丰满的圆盘瘦成弯刀

砍得阳光碎落成点点繁星在夜空闪耀

杯里的清澈一点点耗尽又添满

你有没有看到月亮疲倦的脸色苍白

静谧的夜里听不到一丝丝叹息

只有灵魂在烟雾里升腾

多想放在灯下将湿漉漉的心绪烘烤

却又躲进黑暗里将伤口掩掉

终于月亮要下夜班了

拖着倦容等着太阳的拥抱

刊于《连云港文学》2016年11月上总第303期

遇见花开（组诗）

韦庆英　女，70后，赣榆人，江苏省作家协会会员。在《扬子江》《江苏作家》《连云港文学》《连云港日报》等报刊发表诗歌、散文、小说、纪实文学等百余篇首，著有诗集《掌纹》。

一朵花

我不知道，一朵花来自哪里
不知道她何时选中一棵树
何时通过树的根
黑暗、曲折、艰难又漫长
一朵花，在枝干里行走的时光
应该有人为她歌唱

每一朵花，都有一颗勇敢的心
世界还是一片冰雪
她便相信有阳光和春风
花的瓣护着蕊一路疾走

所有的荼毒与危害她视而不见
她只想——用未来赞美现在

当一朵花,看过星光听过鸟鸣
当一朵花感受过晨风雨露或阳光的抚摸
啊,你想想!当一朵花爱过
一朵花成为一朵花在枝头绽放
那一刻她就是诗人!依着心性
自由地,用生命歌唱

桃　花

从大寒出发,目标是在三月里娇艳世间
每一朵桃花,都有千军难抵的勇猛。
从树木坚硬的中心出发,行走数尺或几寸
到枝端孕育新生,每一朵桃花,
都有四九严寒不可冰冻的热烈。

我只要四棵桃树,长成里程碑的模样。
三生石彼岸花千年的修炼,那些传说
还有前世与来生,统统不要。
我只要三月里桃花静默如画
花蕊一吐,醉了天下。

桃花的情怀比潭水深比阿娇娇,
桃花的芬芳比绕指柔,更柔。
夭夭,隔水南墙三两枝。
灼灼,袅袅婷婷一树芳。
三月桃花静默,任春风浩荡,

她只把珠胎暗结。

今晚，请你来蔷薇花下小坐
谁在黄昏奏响了陶笛
双雀扶摇直上　金光镶嵌的云边

谁在暮色里柔声倾诉
水滴情深　白雪与风堆涌在浪尖

郊狼独行在山巅
道路辽远爱和理想让旅行方向简单
森林不惜毁灭寂静
只为迎接流水和鸟鸣
月儿不惜毁灭了孤独
只为与星子白云同行

今晚请你来蔷薇花下小坐
喝茶聊天或者干脆静默
世界如此美好
我想——有你　该会更遇见花开
一树盛夏的合欢花开，
一个晨起吸纳清新的我，
撞个满怀，彼此惊动！

花红叶浓，露珠清圆。
水滴和花朵一样，昨夜应有——
遥迢的路途和艰辛，一言难尽？

站在花树下，

欣喜这遇见，欣喜自己仍然能
被一树花开轻轻撞痛。

不要和花朵去提夜读的孤独，
天色乍明，光阴正好，
且让她们去做自己的修行。

莲　赞

一池的叶喑哑成墨绿
一池的水欢喜成甜蜜
你静静舒展自然明亮
仿佛天地间一支慈悲的歌

我是身不由己的风雪客
偶然经过你池畔
一瞥目光绊得我脚步踉跄
你楚楚啊婷婷光华淡定

我不是光会为着征程的
看见你的片刻
就有微微的动摇和沉醉
你一袭不问沧桑的洁净芬芳啊

许我来生做你池畔一丛修竹吧
岁岁岁寒岁岁绿浓
只为盼你赏你
六月莲灿

我　们

是两滴清露在草尖上相遇
一滴滚动坠入另一滴

是两条河流在崖畔上望见
一条飞奔汇入另一条

是两道闪电在云层下牵手
一道颤抖并入另一道

是小号遇上了提琴
成就金色缠绵的协奏

是迷迭香遇上了天竺葵
两种芬芳缭绕成复合香

是月色照见了湖水
是蔷薇恋上了松影

是两朵莲在夜半醒来
隔着朦胧夜色说嘘——
别说话睡觉
于是依偎于是荡漾

　　　　　　组诗刊于《连云港文学》2016 年 11 月

父亲的二胡

仲崇云 笔名红袖轻舞,曾在中国诗歌网举办的"暖诗歌"中获得当月最佳人气奖。有诗歌在赣榆作协举办的"春天送你一首诗"活动中被选用朗诵,作品发在《苍梧晚报》"海州湾"副刊和《连云港文学》。

父亲能放下任何事,唯独二胡
在他手掌悠闲自得。从悠扬到激昂
亲切的音律春风般让我拔节

夏夜月光下,父亲的二胡与蛐蛐为伴
从年少到白发,从巷头到病房
念念不忘着,二胡就是他一生的情人

我们家过年的炕上,总有"一条大河波浪宽……"
弟弟与我,一浪高过一浪
那些乡亲也潮水一样,涌过来
我们家水泄不通,父亲就合不拢嘴

冬日的炉火,映着父亲的二胡

比喝了小酒还神采奕奕

他大病初愈的身子板,靠极细的胡弦抵御冷风

寒夜里的一支"北风吹",暖透他的心窝

我们挨不住寒冷,钻入梦乡

他紧紧抱住二胡,如"二泉映月"的那个人

渴到底是怎么回事（组诗）

麦　豆　1982年生于江苏连云港。2005年开始写诗，作品散见《诗刊》《扬子江》《中国诗歌》等。曾获第二届汉江·安康诗歌奖、江苏省第六届紫金山文学奖等。曾参加诗刊社第30届青春诗会、鲁迅文学院第31届中青年作家高级研讨班等，出版诗集《返乡》。

人的一生在做一件事
将水从土中取出
放进自己的体内

许多植物也这样躬身取水
日复一日，年复一年
在饥渴里度完一生——

但即使埋进泥土
他们在世间辛劳取水的身影
仍继续在人群中闪现——

很难分清一代人与另一代人

一匹马还是一棵树
很难说清渴到底是怎么回事

刊于《四川文学》2019年第3期

夜　晚

夜晚总带来生活真实的片段——
买菜，做饭，穿着拖鞋在房间里走动

一天的全部付出
只为此刻低头，喝着碗中的米粥

漫长的旅途——
黑夜为我端来一张沉默的椅子

夜晚，总能将我再次捕捉
用它柔软、潮湿的舌头

刊于《四川文学》2019年第3期

午夜醒来

午夜醒来，看见路灯在房间的墙上画画
画一张窗户透明的脸。

午夜，无声的路灯在苍白的墙上画画
画窗户那张戴着合金格栅的脸。

很多年前，是一枚山中的月亮在午夜画
今夜，是路边一盏不眠的路灯。

很多年前，月亮画的是竹与梅花

今夜，路灯画的是一张孤独的面具。

刊于《四川文学》2019年第3期

我的一生由夜晚构成

是黑暗，是睡前

钻进泥土的这段阅读时间

让我重返子宫，继续生长

想想早晨那两只喜鹊

在窗下雪地上徘徊

刨雪，啄雪，肚子空空

两只喜鹊也许是一对夫妇

入冬之后的第二场雪

比第一场雪大了许多

两个小小的模糊的身影

在我的记忆中，沿着河岸向北走去

无尽的生活，我的一生由夜晚构成

刊于《钟山》2019年第2期

熄灯之后

如果此时，将目光移向窗外

世界依然亮着灯

如果稍稍等上一会，眼睛

便会习惯屋内的黑

你依然可以看见一切

生活中的一切

模糊的一切

清晰的界限消失了

但它们的名字还在

凭着感觉你仍能说出事物确切的位置

熄灯之后，不需要眼睛

事物拥有了一种看不见的力量

浮在空气中

也就是说，熄灯之后

我们可以撤掉沉重的基础和支撑

让事物回到轻盈里去

变成与我们对等的另一部分

相依为命，互相默视

也就是说，熄灯之后

你可以在房间里的众事物间发表演讲

任意穿行，而不会发生触碰和伤害

你甚至可以写诗

用手抚摸它们的身体

与它们融为一体

刊于《钟山》2019年第2期

菊花或者十月

菊花是不是在这个时候开得最好

亲爱的玛丽

乡下的玛丽

我不知道生日的朋友玛丽

你得写一封信
用蘸有露水的羽毛笔

菊花是不是在这个时候开得最好
亲爱的玛丽
乡下的玛丽
我不知道住处的朋友玛丽
你得写一封信
饲养菊花和天鹅之余
你得写一封信
海边的蚂蚁身心疲惫
十月的诗歌无法收尾
我的生活
陷入泥沼
亲爱的
玛丽呀玛丽
你得想想办法
用一种或两种办法
或者用手枪
给我写封信

刊于《钟山》2019年第2期

想去的地方

欧军军 又名欧军均。男,汉族,1983年出生,江苏东海人。有作品在《散文选刊》《雨花》《散文家》《连云港文学》等刊物发表。并有作品入选《连云港新时期文学10年精品选》等著作。现为中华诗词学会会员、连云港市作协会员、东海县民协理事。

喧闹的地方,
不想去;
想去的地方,
太荒凉。
你问我想去哪里,
我不敢说。
说了你们也许会害怕,
或是永远不会将我原谅。
因为,
我想去的地方,
一个是用松木钉成的天堂;
一个是自己跳动着的心房。

刊于《连云港文学》2014年诗歌专刊

雪花漫舞的城市夜空

李庆贤 男,汉族,1984年出生于江苏东海,本科毕业于南京大学新闻传播学院,研究生学历,江苏省作家协会会员,从2000年开始先后在省市报刊发表文学作品多篇。出版诗集《守望爱情》《有风筝的天空》,长篇小说《颜色》《滑落的面具》,散文集《贤言贤语》。

城市的夜空
雪花点点
擦亮我黑色的眼睛
疲倦的心
萎缩着
在大地游走
命中注定你我与这座城市无缘
我卑微得就像一只蚂蚁
就是在夹缝中
也难以求告
高高的大厦
不属于我
就像望尘莫及的星星

这黑白相间的世界啊

空气都随时会窒息

只有在这雪点点的夜空

才能感知阳光的温馨

颜色

凝视上空

生命的色彩

在蓝天中凝固

红　黑白

交错的思绪

折叠多少爱恨情愁

灵魂的蜕变

从校园到社会

一目了然

蝴蝶兰

轻轻地她走了

像一颗流星

伤痛了美丽的夜空

夜空下的蝴蝶兰

绽放在生命的色彩里

像一对对玉色的蝴蝶

飞舞着

飞舞着

守望爱情

告别无根的家园

心事随帆而去

远离世外的尘嚣

希望在岸边搁浅

波光粼粼
一切噤若寒蝉
生命的守望
在岁月的风雨中
长成绿色的胚胎

空想之歌（组诗）

西　原　1985年生，江苏赣榆人。2003年开始写诗，著有诗集《哀歌》《世界的最后一夜》。近年来创作并发表了许多优秀的作品，引起了很大的反响。

解剖师在黄昏的树林中清理刑具。
鸟群被解散，病人被哄抢着赶上手术台

失踪者的死讯传遍了大地
病人被手术师反复折叠，被孤儿不停地拆卸

说谎者把影子卖给黑夜，在白天肆无忌惮地穿行
悲伤的生命被困在空想里
鬼魂被遗忘在梦境中

流浪汉，你为什么忧心忡忡地躲在病房里？
来，我把我的病情借给你。
病中之歌
人类带病在大地上寄居
野兽结队走在大海边，秘密地言语

秋天深了。
人类的故乡布满灰尘，飘在陈旧的世界

大群的蝙蝠拥堵在天空，像掩盖真相的黑幕
木雕中的长者表情僵硬，含义模糊

啊，世界多么单调！

月亮像胶布一样，被贴在天穹
太阳摔倒后再也没能站起，匆匆滚向群山以西

世界简史

世界老了
蹲踞在风雨侵袭的山崖翻阅太阳日记
旷野空旷而低
像低泣的蝠群从来世飞近

落日悬在远山上，看世界的背影飘远
幼虎寂静地穿过走廊
看大雨来临，狭长的葬礼被黑雨滴点亮

人类聚在天空停止的地方
将世界解散，出售给黑夜和鲸

计算机减去尘世和风暴，减去黑暗的名称
世界等于寂静的海，近似值是缥缈而悲怆的女高音

天　使

天使在微雨中飞
在微雨中，眺望世界消尽
世界曾经激动人心
如今停止在微尘满布的地方

数学家面容悲怆，蛰伏于经卷
在空寂的山岭中饮尽泪水
在写给天使的长信中提到火红的树林
在大海弯曲之处独自巡航
在世界的焊接处练习飞行
在晚宴上回收过期的钟声
在废弃的时间里推演宇宙起源

灰暗的语言被推举为谓语，安装在尘世
宇宙荒郊，时间变旧，在天使的沉默中霉烂
落日提着小橘灯，在世界边境散步，虚弱而感伤

世界之牢

秋风的手掌抚遍世界
大地的餐桌上，是脱尽羽翅的群鸦和水果
世界何其辽阔！如巨大的象群踱步在暮日的阴影中
——暮日的车辙驶远

你听见山巅航天器的残骸传送外太空的回声：
这座蔚蓝的世界，如宇宙的水牢

修建在僻静的远处

你见过大海的枷锁将世界分割：
白昼与黑夜，繁衍与衰亡
缥缈的尘世与鬼魂被夜幕中的涛声照耀
只有涛声穿过世界历史，温暖你

世界的最后一夜

大海更旧了
舵手隐去姓名，将白帆运送至暗处

时间离开病床，不愿在尘世停留
你的白马被时间超过
你停下来，后面的队伍紧紧跟随
为你运来疾病和秋风

秋风吹送你，吹拂你的舞蹈
你褪去外衣，你在暗处暴露无遗
你的暗处正是大海的暗处
此时天空沉浸于秋风吹送的孤独

刊于《连云港文学·2018年诗歌专号》

山塘街（外一首）

张　口　生于1986年，连云港东海人。作品散见《人民文学》《诗刊》《中国诗歌》《诗参考》等。曾获2009年设立第四届淬剑诗歌奖主奖。

山塘街有忧伤，在雨中就可以看见
时间哭泣般的忧伤
天气好的时候，我说过不愿来这里
看不见它的忧伤
我怕我成了雨

木羊兄，木贼兄，谢了，陪伴
我写下诗歌
在这寒冬。我这滴讲汉语站立轻薄的雨点
会不会让谁的忧伤凉得发抖

我不愿意这样生活在这里
应该是次日了
不知道隔着一个窗帘的世界天气怎么样了
我在心里写下这首诗

心里暖暖的，因为我还没有醒

妹　妹

我有两个亲妹妹，曾和我一样
读书。现在辍学打工，一年回家一次
过年时候回来，带着血汗钱
钱是给我读书用的
一月二十七日晚九点多，她们终于到家了
提着大包小包，除了衣服还有很多好吃的
说是厂里发的，舍不得扔
她们见到我后没叫我哥，笑着叫我臭小春
为了她们回家后不无聊
我特意买了羽毛球拍
晚上她们经常会叫我削苹果给她们吃
二月十四号早晨她们走了
我坐在院子里，看着安静的羽毛球拍
不用再抢遥控器了，也没有人叫我削苹果了
地上变得很干净，家里变得很安静

刊于《人民文学》2016 第 7 期

像雏菊呀，花开（组诗）

丁小龙 笔名占森，80后，江苏灌南县人，江苏省作协会员，党员。诗见于《人民日报》《解放军文艺》《诗刊》《诗歌月刊》《星星》《草堂》《诗林》《诗潮》《绿风》《散文诗》《扬子江诗刊》《扬子晚报》等。

她像一只大理的蝶
落在了北方，我孤寞的海边
又落在了一座秘密宫殿
我珍藏的春天里

我在她的侧面
在透过爬山虎窗台的阳光下，像个处子
颤动，写心跳的诗
也会停下笔，偷偷看她

哦，心里的菊就要开放
她这娇小的蝶，飞过茶林
飞过紫红灯具，飞过长长回音的栈桥
掠过我心内的雏菊

最后，消失在那间闺房
而我，也跟着跟着，就丢了

是的，我爱她
如我爱上的那些幻影、野草和海水
爱上的糖块或盐粒
爱上的生命钟摆，对我的指向

可，我怎么总捉不住它？
像面临着雾里的事物，有些具体
又有些抽象

刊于《人民日报》（海外西班牙版）
2019年3月6日（诗词专版17）

水中花

起义，到被斩首，只是瞬间的事
也必随那河流漂远。包括口号或扼腕
而近处，一朵花借用色彩干了些什么
我不清楚。包括，它最后又守信地归还

在水里，它明显是柔软的
如那些觉悟之后的人，对外界退避三分
我，一直同它保持距离
这类似在和一只头骨、碎了的尖玻璃，对视

"我很怕"。怕一种未知的湮灭，怕所有失重的状态
就此在人间，丢失紧握着的
一抹"香气"、一具纸老虎

它，还在水面摇晃———
内部已打开空间的船

你不停地看到：有人犹豫，有人叩门
有人在爬上去之后，从体内掏出黑鸟
也掏出星星

刊于《诗刊》2016第11期

自画像

笔是手术刀，白纸是遮羞布
这也是迟未动笔的原因
最主要是须找面镜子，这让人
常常陌生和原形毕露的东西

下笔时，要轻。要像画一滴易碎的露珠
它滚动时微渺却够深的划痕
还要继续沉浸
即使不动声色或显山露水

其实：每一天，都在画着自己
对于轮廓和身边的配画物
我从未满意过
对于我所见的那些倾斜、逆光，描色
也使我屡添脾气

这，就像所有被逼仄着的鸟
执拗而并不确定地飞着
从不会考虑，再飞回去

更大的画里

刊于《诗刊》2016年第11期

雨中记

一

如今，他已腹背受敌
在本该清净的朝傍晚走去的路上
如今他渐没有依靠物
两棵树，在心里倒塌了很多次，很多次
偶尔，他站住。却没有拧干雨滴
火柴、翅膀，甚至药丸，早被丢掉
走向傍晚时，一个人
怎么走？都不重要

二

"下雨是一幅画。死去的会再次活过来。"
一直如此坚信
坚信那些湿润，裹住了另一个城邦
坚信雨的指向同荒草的指向一致
当然，这或远远不够
他常希望从被打落水的黑燕子身上
至少，找出五种隐喻

三

他的体内都不动时，就更像雾的一小部分
或某个在灯下失神的钢琴师

他接受：雨滴一点一点把他拿走
接受身后的人，是轻搭他的衣襟
而不是回拽
他想听到的声和要拒绝的声，一直平分天下
哦……他多年饲养和放逐的这场雨
总沮丧、无奈地，放晴

刊于《诗刊》2017 第 6 期

父　亲（外一首）

米　古　原名宋伟华，女，1981年生，大学文化。曾任《意林》杂志编辑，自由撰稿人。作品散见于《连云港文学》《大别山诗刊》等杂志。

坐在石头上
他是另一块石头
被午后四点的蝉声摩擦着

风把湖面吹得微微发烫
他的影子像一只口渴的湖怪
伸长脖子，去往事里饮水

他多像我熟识的一个人
一整天都在假装钓鱼
其实是练习用意念
移走湖心上那些沉重的船。

听 雨

窗外,雨滴在讲述
一个从黑夜归来的人

空荡的衣袖里
脱缰的风渐渐止息

总会醒来,在某个清晨
时间赶着无辜的羊群

只有欲言又止的生活,仍听见
你我之间隐隐的雷声。

刊于《连云港文学·2018年增刊》

未来的一天（组诗）

李梦凡 曾用笔名记得，1998年出生，江苏人。作品见于《诗刊》《扬子江诗刊》《诗歌月刊》《西部》等。获首届草堂年度青年诗人奖，《海外文摘》年度文学奖等，入选多部年选。

归途的大巴车上
雨刷器扫去车窗上的黄昏
那些一闪而过的事物
都有着各自的命数
曾经想把一颗光芒微弱的星子
攥在手里，伏在脚边的沙粒
被风不停地吹
我的亲人遗失在荒野
一只枯叶蝶代替落叶在空中飞舞
迟来的羞愧让地平线微微颤抖
每一座坟墓都是漂泊的岛屿
每一个无名者都在交换沉默
死去的人已是万物
活着的人
不知该如何立碑

那么小

弟弟抱着父亲的骨灰盒
就像十四年前
父亲抱着襁褓中的弟弟
那么小

一代人抱着一代人

现在弟弟抱着父亲
那么小

给父亲理发

一把推子,头发要剃光
到后脑勺时,轻轻给父亲翻个身
任何一点碰动都极为疼痛
碎发包在旧床单里,拿到外面抖落
再用热毛巾擦一擦头
擦一擦眼泪,父亲是有意识的
他偶尔还是能认出我,墙上的全家福
以及所有关于他的一切都被收了起来
那些曾经痴迷的东西都已不再重要
父亲的眼角常常挂有泪珠
给他理发时,他一定是知道的
我们已经准备好跟他告别
他一定是知道的
所有即将到来的命运

都毫无防备

催眠曲

整个下午都待在人民广场
喷泉徒劳地敲击地面，有口难言
老人们一起下棋和跳舞
这些都无法平复日渐地衰老
每一个夏天都要感谢，任草木
肆意生长，洒水车低鸣着驶向未来
我们在琐碎生活中隐忍
在昂贵的房子里，安放余生
恩怨俯视着梦中的舞台
火柴被不断地摩擦，丢弃
为了仅有的温暖
一个人一生中大部分时间都在祷告
但只要菩萨还端坐庙堂
就足以抚慰人心

无人知晓

路上挤满人群，信号灯指挥一场
午后狂欢，我穿过南京东路
把身上的骨头一根根分拣出来
使命，显得格外荒谬
未完工的建筑，举着旗帜飘扬
我曾真心爱过这个世界
像一颗钉子，紧紧抱住墙壁
如今我望向群山，便有了粗粝的影子

滚下山的碎石在浓雾中迷失方向
幼年时，戏弄过蝼蚁之命
在一根竹竿上，将目光倒吊
身体摇摆在秋天里，像苹果树上
最后一颗果子，终日惶恐

我们的失败

灯光下的玻璃，与雾霭相遇
河流拖扯着影子
向四面八方涌去
成为彼此钟意的敌人
为何还要闹出人间喜剧
鸟儿撞上一面光
便拥有了，片刻的动容
我并不想过分依赖什么
被巧言迷惑的人
早已不再焦虑
我们的孩子从出生
就从未停止
哭泣

刊于《诗刊》或《扬子江诗刊》

最后一次舞蹈（外二首）

陆留洋 笔名河子，1990年出生，大学文化，连云港第四人民医院检验科工作。作品发表于《中西现代诗学》《华语诗刊》《零度诗刊》等。

烧了一大片草
才看见一座座坟
那闪耀着光芒的土
那在尽头等待死亡的黑喜鹊
正如一个人脱光了他的衣裳
在临死之前
等待正午的阳光
将自己洗净
你听到了吗
你怎么什么都没有察觉
从远处传来的马鸣
在被马追赶
太阳追击着太阳之光
那些暴晒的骸骨赫然坐起
静静地等待着被大火吞噬

你听到了吗
那些死了的草烧断的声音
多么的响亮
它们终于倒下了
它们终于可以被风吹起
你听到了吗
阳光已不再强烈
那乌黑的灰烬明亮的吼声
像一群夕阳下的老虎
它们朝夜晚走去
它们是灰烬
却拥有如此强壮的脊背
来抵抗突如其来的噩运
夜晚来临的时候
神闭上了眼睛
你听到了吗
黑夜探出的脑袋
撞断了石碑
然后缩回去
伸出手将洞口盖住
神睁开了眼睛

大水之上

白雾渐重的大水之上
使我想起你
从你身体里升起的是什么？
你嘴里窜出的火
你手中飞出的手掌

你消失如推门的房门

河边生火取暖的人

一定知道你的踪迹

我顺着岸寻找你

路过火焰

路过最后一群野鸭子

水面上漆黑一片

水面上游过最后一群野鸭子

我仍在行走

和生火取暖的人一道

我要问落水之人

大水之上是否住着神仙

长什么样穿什么衣服

为什么大水之上

使我想起你

从你身体里升起的是什么?

来了又去

你的话语曾击中杯中的我

我无语如你手里的白烛燃烧

你走了走了

门在屋外开着

湿润的即是忧伤的

是北边的风

徐徐吹来

向南向北

睁不开眼睛

看不清你削梨的刀

落于何处
长长的果皮白如牙齿
湿润的即是忧伤的
皓月当空
我的影子是一张报纸
一切美好的消息皆在你的唇齿之间

湿润的即是忧伤的
风雨将至的清晨
东边的院子门朝北
房门紧锁
你忧伤什么
一扇窗搁置于秀丽的花草间
树上的果子纷纷落下
春色流溢默默无言
徐徐的北风
向南向北

刊于2018《扑克》诗选刊

哥本哈根的美丽传说（组诗）

嵇暄涵 女，1999年出生，现就读于南通大学文学院。小学开始文学创作，已在《扬子晚报》《语文报》《新作文》《爱读写》等全国各级报刊发表近百篇诗歌散文，在全国各类作文大赛中获奖20余次。2016年获第11届全国中小学生创新作文大赛高中组特等奖，并被评为"全国十佳校园小作家"。

浪漫城市

遥远的地方，有歌声在唱响
它闪烁的每一寸星光
飘荡在广阔的大海之上
在哥本哈根　美人鱼的故乡
有通向天边的彩虹桥
重生着每一只凤凰
大海敞开她博大的胸怀
叙说着城市千百年来的浪漫
和有着怎样的坚强
清凉的月光下

一片片花瓣飘零在寂静的海面

寂寞人鱼

在哥本哈根的海湾

有一条美丽的人鱼

她沐浴着清晨的阳光

碧海般的蓝眼睛遥望

远古的风吹拂她飘动的长发

在大海的呼吸中

是谁又能听见她忧伤的歌声

她们说，美人鱼

是大海寂寞的旋律

优雅竖琴

在哥本哈根

总有一些喜欢追梦的人

那里大片的矢车菊

都是他们亲手栽下的

哦大片大片的洁白啊

总伴随着竖琴一起盛开并响起

那些优雅而忧伤的音乐

在月光下轻盈地飞翔

天使落下的圣洁羽毛

是不是在海里就变成一把竖琴

为这些美人鱼彻夜弹奏？

美丽传说

哥本哈根，大片的矢车菊呵

花开着一段梦幻的旅程

美人鱼天籁般的歌唱

天籁般的回响

竖琴优雅地弹奏着

可又有谁能读懂

那琴弦中灰尘的寂寞

早已风干了的泪水震落

矢车菊，绽放着微笑

清晨的露珠闪烁在花瓣上

渡上阳光就成为晨曦的星光

天边的一片云彩

幻化成梦的形状

歌唱无声的歌唱

美好的一切安宁着微笑着

小小的雏菊

快活地点缀街边的每一寸光芒

到这里来的孩子只有一种表情

那就是微笑

海湾呼吸

滴答滴答海湾轻轻地打呼噜

海湾你还在沉睡吗

快起来阳光都把你烘得暖暖的

打个哈欠把你的小信使海鸥

从暖和的被窝里叫醒

捕点食顺便给陆地上的人捎去大海的音讯

花朵摇曳浪漫

咯咯的欢笑

大海拍打着每一片土地

却只是温柔的声音

如果夜中有星星不小心迷路

大海就把它纳为自己的孩子

变成一个个色泽鲜艳的海星

比原来还要美丽

幸福尾声

哥本哈根,在海的远处

水是那么蓝

什么都可以发生

美人鱼为你歌唱

花朵为你起舞

所以闭上双眼吧

我只愿静静的静静的

感受着片刻而永恒的幸福……

刊于《新作文》2011 年第 6 期

在江南的雨季远行

我的心悄悄撑起一叶扁舟

漂泊在江南雨季的河流里

满是沧桑的水痕

它们倾吐出岁月的年轮

那一片片荷叶挟着待放的莲

飘摇过我满是水痕的小舟

那样的慵懒

经不起浮萍荡开的一片意境

曾经载过年轻的樵夫

载过老翁载过孩童

还载过一群追梦的少年

唯独没有载过一位少女

雨季里杏花下

如果载着她

想唱一曲江南小调

又怕惊扰那微醺的梦境

如果载着她

想送一只白纸帆船

又怕吓到那敏感的心灵

只有用想象填补羞赧的空白

看那清瘦模糊的背影

如果她的油纸伞下藏着连绵的轻愁

丝绸的心叠起微微的波澜

我会不会有勇气为她抚平

江南你连绵不断的细雨

那么轻柔那么细密

是否代替了我那声未喊出口

又呼之欲出的情怀

刊于《读写月报》2011年第11期

在音乐的星空下

之一：黑白键

无论多么热烈的华尔兹，
都比不上你，我孤单的黑白键！
忧伤，从你纯美的白色中

妖娆地盘旋着飞了出来
比蝴蝶的羽翼还要轻盈地颤动
将这凡世的一切都洗去吧!
夜色从凄冷的地方赶来
你孤单的模样
隔一条永远越不过的河流
刻下的,是心碎的你的轮廓
我深色的瞳孔里流露出
是唯一可以给你的光芒
你最后的模样摇摆在黑夜的风里
明媚和你背道而驰
月光流淌在你枯槁的衣上
更为热情的,是我对你诉说的双眸
那千言万语又怎能说得尽!
不要再次从我的灵魂中抽离
我想伸出双手,将你牢牢地握住
你回眸的刹那
足够让我沉醉百年
光芒从你的每一处散发
黑夜将我的双眼蒙蔽,看不见你
远方,墨色的山川在身后疯狂地生长
就像你给我的唯一纪念
只有绝望和叹息
干干净净看着你透明的耳垂
可是,再见了
我死死地想要抓住你
黑夜将我捆绑在无尽的黑暗之中
黑色的,一切都是你给我的黑色
唯一的纯白,是你渺小的痕迹

这小小的一点，足以照亮我的百年
剧烈的悲痛
从我的灵魂中弥漫开来
所以　你给我唯一的纪念
唯一干净的灵魂
已被我当作上帝给供了出来
我想念的
我无法再掩埋了
不管是希望还是绝望
沉睡吧！一直等待
等到下个世纪钟声敲响的那一刻
唤醒你！唤醒你！

之二：圆舞曲

指尖轻触琴键的那一刻
心中泛起了无名的欢喜
如丝绸轻轻滑过皮肤的感受
我安静地弹下第一个键——
哆来咪发
似乎在琴键中有一只小鸟
欢快地扑闪着黑白双翼
随时准备起飞了呢
哦微微绵延在远方的声音呵
你究竟在叙说些什么
在这样忧愁的轻声歌唱
是水边的阿狄丽娜
延续了你的灵魂吗
凉凉的微笑
在黑白双色的琴键上

渲染开晚霞的最后一道光亮
随后是星辰的沉默
远处慢慢升起或落下的炊烟
遥遥地掩映着圣彼得的教堂
和你的踪迹
还有那一丝悄然无声的叹息

刊于《连云港文学》2012年第2期

后 记

一册《想衣裳的云》在手，感觉恍然、怅然，也感觉释然。还感觉：时间原来是可以停滞的——那些人，那些事，那些风花雪月，那些旷野山川，在字里行间里年轻着，生动着，古老着，永恒着，再不会变化，更不会逝去。

汉人《诗纬》有云："诗者，天地之心也。"因为，"诗者，持也，持人情性。""敦厚之教，自持其心；讽刺之道，可以扶持家邦者也！"不仅如此，在林语堂先生看来，中国本无真正意义上的宗教，恰恰是诗歌，对于中国人而言，产生着真正意义上的"宗教"的作用。所以，两千多年以前的大成至圣先师孔子，就曾反复对弟子们强调说："小子何莫学夫诗？诗，可以兴，可以观，可以群，可以怨。迩之事父，远之事君，多识于鸟兽草木之名。""不学诗，无以言"，等等。

新中国成立以来的七十年间，连云港市的新诗创作得到了充分的发展，涌现出相当数量在全省乃至全国都有一定影响的诗人、诗作，他们与时代同行，与人民同心，歌颂美好，鞭挞丑恶，赞美家乡和生活，放飞心灵和自我，在提高连云港市的知名度、美誉度方面，发挥了积极的促进作用。

为了全面客观地再现建国七十年来连云港市新诗创作的成就，本书的四名编委，也是连云港市具有代表性的四位优秀诗人张成杰先生、何锡联先生、钱振昌先生、蔡勇先生，花费了大量的精力用于诗稿的收集和编纂，虽因条件和时间所限，难免有遗珠之憾，终以其辛勤的劳动促成了本书的完成，正所谓功在当代，利在千秋。

借此机会，向建国七十年以来出现的、所有连云港市的诗人们致敬！无论您和您的大作是否收入本书中，历史终会证明您和您的诗歌之价值所在！借此机会,向建国七十年以后出现的、所有连云港市的诗人们致敬!无论我们能否相遇、相识,美好的诗句一定会让我们在诗歌中握手、拥抱,痛饮美酒,然后共醉于明月清风和高尚的灵魂!

愿我们的城市和我们的生活,都永远像诗歌一样美好!

是为记。

孔　灏

2019 年 6 月

图书在版编目（CIP）数据

想衣裳的云 / 孔灏主编. —— 北京：中国书籍出版社，2019.11

ISBN 978-7-5068-7586-8

Ⅰ.①想… Ⅱ.①孔… Ⅲ.①诗集—中国—当代 Ⅳ.①I227

中国版本图书馆CIP数据核字（2019）第269208号

想衣裳的云

孔　灏　主编

图书策划	武　斌　崔付建
责任编辑	武　斌
责任印制	孙马飞　马　芝
封面设计	琥珀视觉
出版发行	中国书籍出版社
地　　址	北京市丰台区三路居路97号（邮编：100073）
电　　话	（010）52257143（总编室）　（010）52257140（发行部）
电子邮箱	eo@chinabp.com.cn
经　　销	全国新华书店
印　　刷	三河市华东印刷有限公司
开　　本	710毫米×1000毫米　1/16
字　　数	220千字
印　　张	24.25
版　　次	2020年2月第1版　2020年2月第1次印刷
书　　号	ISBN 978-7-5068-7586-8
定　　价	78.00元

版权所有　翻印必究